KB021065

새벽은 이별에게 가혹하고

수많은 이별을 겪고 나서도

마치 처음인 것처럼

마른 줄 알았던 눈물이 한없이 쏟아져

다행이라 생각했다.

나, 아직 사랑할 수 있는 마음이 남아 있구나.

목차

prologue

이 마음은 무엇인지
바람 쐬러 가자
우리는 어울리지 않았었나 봐
영원은 없겠다
잠깐 빌려 갑니다
겨울은 보내 줘야지
가슴 아프지만, 그렇습니다
당신의 마음은 피어나고 있나요
오늘은 차가 쓰다
다행이야
사랑할 용기는 남아있는지
당신에게는 아직 내가 있나요
그럼에도 사랑합니다
오늘의 마음은 따뜻합니다
반드시 행복하세요

위로는 사양하겠습니다
사랑은 결코 사사로운 감정이 아니다
창피하지만 창피하지 않습니다
영리하게 살 걸 그랬어요
새벽은 이별에게 가혹하고
바보 같은 낭만이 좋아
사랑은 어려울 수밖에 없겠다
당신이 그립다
당신은 나에게 큰 사람이었습니다
그런 마음에 놓지 못하는 거야
나의 그리움은
더 사랑하고 그대로 아파할게
잘 자요

빈자리가 크다
기억이 날지는 모르겠지만
확실히 그랬었다
결혼 생각은 없습니다
좋게 헤어지는 방법은 없어
밉지만 원망은 못 해
안전하게 도착할래요
오늘은 살 만해
딱딱하지만 달달했던 우리가 그립다
그럼에도 당신은 좋은 사람이다
아프지만 고맙습니다
가만히 흘려보내면 안 되는지
당신이라는 색은 바랠 생각이 없다
약속은 지켜 주실 건가요
헤어짐의 시간은 짧고 만남의 시간은 길었으면 좋겠다
사랑하는 사람이 생기면 여행을 가세요
다음이 있다면
날씨도 내 마음대로 안 되고
그냥 울어야겠다
잠깐이라도 들렀다 가요
사실은 말이야
다시 사랑할 자신이 아직은 없어
이유가 없는 아픔일까요
달콤한 것은 대가를 바란다
생기는 아프도록 짧네요
예전 같지는 않을 거야
우리에게 잘못은 없습니다
당신을 사랑하지 않기로 했습니다
당신에게
이제 그만 아파하소서
과감히 손을 놓는 거야
책을 선물하겠어요

바다에 가고 싶었다

당신은 내 바다였다

이름이 미웠다

이별의 순간을 변명으로 포장하지 마세요

차라리 안아라도 주지

오늘이 다시 오듯이

수면 아래

제발 가라

미운 정이 더 무섭대서

이상하게 들리겠지만

질투도 사랑의 부속이니까요

결국 모든 게 사랑 때문입니다

나는 당신에게 있다

못된 건 알지만

망상과 상상의 경계에서 나는 산다

비겁해

돌아올 사람이면 벌써 돌아왔겠지요

사랑이 당신에게는 가벼웠나 봅니다

견딜 만해

그리움으로 내뱉는 거야

엄마에게

미안해요

다 거짓말이네요

불안정한 사랑은 하지 않았으면 해

결국에는 나도 뻔하네

나는 누구에게도 속하지 않는다

당당히 요구하세요

반복되는 실수는 '선택'의 변명일 뿐입니다

분명 알 텐데

그냥 웃었습니다

우연은 아니었습니다
진실된 감정은 쉽게 거짓으로 포장되지 않습니다
가을이 왔네요
내 이기심에 그런 거예요
나도 선택이란 걸 했었다
우리는 더 이상 어리지 않으니까요
고맙습니다
나와 헤어지길 잘했어요
행복했으면 좋겠습니다
사랑의 몫

IV   사랑이라고, 여전히 사랑이라고

까치는 밟지 말아요
집으로 돌아왔다
폭풍은 오지 않겠다
이별은 선물일까
행복을 기대하며 많은 사랑을 마주하길 바라
그럼에도 사랑은 나를 웃게 한다
삶은 곧 사랑이다
사랑은 이타적일 때 아름답습니다
행복을 소중히 다루는 사람을 만나세요
당신을 용서할 수 없습니다
미안했습니다
너무나 멋진 사람이어서
나는 그러지 못할 것 같다
이별에게
나는 사랑하고 싶다고 말할 자격이 있나
있잖아
사랑이 무서워
그뿐이다

당신들을 사랑하지 않은 건 아니에요
모든 일에는 이유가 있대요
사랑이었다
평안한 밤 보내세요
더위쯤은 무던히 보낼 수 있습니다
이별은 새로운 시작이기도 하겠지요
두 팔 벌려 반길 수 있도록
망상가는 되고 싶지 않다
사랑을 몰랐습니다
관계의 기반은 존중이어야 합니다
종이에 집착하지 마세요
희망이라도 좀 주지
중간 지점에서 만나요
이별이란 핑계로
혼자여도 괜찮아요
결국 노력입니다
준비가 된지는 모르겠습니다만
여전히 사랑이네요
매일이 마지막이라면 당신을 사랑하겠습니다
잘 지내고 있길 바라요

epilogue

prologue

책을 쓰기로 했어. 우리의 이야기를 담을 거야. 마지막 기억이 헤어짐이라, 주된 이야기는 이별에 관한 것이 될 것 같아. 나는 앞으로 일 년여 간의 시간을 당신과 다시금 이별하는 데 쓸 거야.

당신만큼은 내 소재가 되지 않기를 바랐어. 가장 강렬했던 기억이 우리의 마지막이라, 기억을 곱씹다 보면 좋았던 추억들은 희미해지고 그렇지 않았던 기억들만 선명해질까 봐 두려워.

그러니 가끔 꿈에 나타나 줘. 우리가 지냈던 세월과 나눴던 추억들이 아프게만 기억되지 않게. 가끔은 놀러 와.

I

우리는

그때

아마도

마음 한 다발을 전합니다

반소매를 입기에는 춥고 긴소매를 입기에는 더운 날, 당신
은 나에게 꽃다발을 선물했어요.

"꽃말을 꼭 찾아봐!"

수줍게 외치고는 아이처럼 도망가던 뒷모습이 아직도 생생
해요.

나는 이제까지 당신이 선물한 꽃의 꽃말이 '수줍음'인 줄만
알았어요.

작약의 또 다른 꽃말은 '애절한 사랑의 약속'이라는 걸

왜 당신이 떠난 지금에서야 알았을까요.

당장이라도 달려가 당신을 붙잡고 아무 말없이 꼭 안아 주
고 싶은 나의 마음은 어떻게 해야 할까요.

사랑하는 나와 살아요

나랑 살자.
서류 따위에 우리의 관계를 묶지 말고
그냥, 사랑하는 나와 살자.

낮에는 바쁘게 살다
밤에는 같이 피곤함을 맞이하고
쉬는 날엔 잠깐이라도 산책을 하자.

우리의 사랑을 남들에게 인정받으려
너무 애쓰지 말자.

어차피 사랑은 정의할 수 없는 것이니.
그러니
많은 생각 하지 말고
우리 그냥 같이 살자.

바람에 스친다

똑같은 하루가 반복되는 삶을 살아야 한다면,
유행인 드라마를 보며 같이 누워 있다가
베개에 머리를 비비는 습관이 있어 부스스해진 내 머리를
당신이 감겨 주던 그날로 돌아갈래.

적당히 설레고 많이 편해서
유독 낮잠이 쏟아지던 그날의 기억이
끊임없이 반복되었으면 좋겠어.

오늘도 그날처럼
완벽하게 마르지 않은 머리카락이 에어컨 바람에 스친다.
보고 싶어, 많이.

당신에게 기쁨이 되고 싶다

그는 단 한 번도 힘들다는 얘기를 한 적이 없었다. 새로운 사업을 시작하는 일이 바쁜 그의 핸드폰은 쉬지 않고 울렸다. 내가 사랑하던 사람은 바쁘게 사랑하고 바쁘게 일했다. 그는 괜찮다고, 새로운 일을 시작하는 거니 기뻐해야 할 피곤함이라 말했지만, 그의 표정은 다른 이야기를 했다.

내 앞에서만큼은 강해지고 싶은 그를 강한 사람으로 대하고 싶었다. 그래서 나는 그의 스트레스에 대해 언급하지 않았다. 모르는 척했다. 그리고 그게 익숙해졌다. 그의 삶의 무게는 점점 무거워지는데, 내 안에서는 점점 가벼워졌다.

일에 집중하고 싶다는 그의 마지막 말을 들었을 때가 와서야 억지로 가벼이 했던 그의 고단함이 한꺼번에 심장에 내리박혔다. 외면하려 했던 내가 원망스러웠다. 헤어짐의 말보다 내가 더 잘 챙겨 주지 못한 게 더 가슴 아팠다.

위로했어야 했다. 내가 무얼 하자고 하면 스트레스에 스트레스를 더하는 꼴이 될까 봐 나는 눈치를 많이 봤었다. 그와 하고 싶었지만 하지 못했던 일들이 자꾸 꿈에 나왔다. 나는 나 자신이 그에게 일이나 짐이 아닌 돌파구였다는 걸, 기대고 휴식할 수 있는 마음의 장소였다는 걸 몰랐다. 그가 눈치 보지 않아도 되는 유일한 사람이었다는 걸 그때는 몰랐다.

"너만은 내 기쁨이어야지."

그렇게 말했었다. 그 말이 그냥 투정인 줄만 알았다. 그 말을 깊게 새기지 않은 나는 이별이라는 대가를 치렀다.

그가 새로운 사랑을 시작한다면, 기쁨이 되는 사람을 만났으면 좋겠다. 하루의 끝에서 웃게 해 주는 사람을 만났으면 좋겠다. 그에게 책임을 지우는 사람이 아닌, 보는 것만으로도 편안한 미소를 주는 사람을 만났으면 좋겠다. 한 번이라도 당신에게 기쁨이 될 수 있는 것이 얼마나 큰 자격인지 아는 사람을 만났으면 좋겠다.

우리는 그때 아마도

사랑을 몰랐던 나.

지나치게 사랑했던 당신.

우리의 그때.

아마 붙잡을 수 있었던 그날의 기회.

놓치고 나서 후회하는 것들은 꼭 소중한 것들뿐이더라.

나. 당신. 그때. 아마.

나에게만 돌아오라

오늘 같은 날은 당신이 보고 싶다. 적당히 선선하고 적당히 밝은 오늘 같은 날, 일요일의 노곤함이 아침을 장식하면 적당히 길었던 당신의 머리카락이 그립다.

부드럽게 쓸어 넘기면 강아지처럼 포옥 내 품에 안겨 나를 따뜻하게 해 주었던 숨이 그립다. 그렇게 한참을 누워 있다 차가웠던 내 손발이 따뜻해질 때쯤 배가 고프다며 보채던 투덜거림이 그립다.

원하는 메뉴를 골라 보라 해 놓고, 마음에 드는 게 없으면 결국 순댓국을 선택하던 귀여운 아집이 그립다. 그런 당신에게 툴툴대던 내 모습을 사랑스럽게 바라보던 눈빛이 그립다.

당신이 없으니 선선함은 추위가 되었다. 차가운 손발 녹여 줄 사람이 없다. 불규칙적으로 챙겨 먹는 음식은 맛을 잃었다. 순댓국 먹어도 좋으니 돌아오라. 보채도 좋고, 웃어도, 울어도, 짜증 내도 좋으니 나에게만 돌아오라.

잘 지내고 있나요

오늘은 사랑할 마음이 남아 있지 않습니다.
내일은 아닐 수도 있겠습니다만,
적어도 오늘은 그렇습니다.
비가 세게 내리는 오늘 같은 날에는
그저 우리의 추억을 곱씹고 싶습니다.
흘러서 내려가는 빗물처럼 기억도 흘러가면 좋으련만
내 기억은 고이고 고여 그러지는 않으려나 봅니다.

잘 지내고 있나요.
비가 오던 날 나와의 기억은 아직 생생한가요.

그렇게 착각할래요

분명 뒤돌아 있는데
그대의 온기가 느껴져요.
돌아보면 도망갈 것 같으니
단순한 햇볕의 따스함을
당신이라고
당신이 나를 안아 주고 있는 거라고
그렇게 착각할래요.

한마디 더 해 볼 걸 그랬다

담담히 보내 주면 이별이 덜 아플 줄 알았다. 마음은 덜 시끄럽고 기분은 덜 더러울 줄 알았다.

이별 앞에서 울고불고하는 나 자신이 싫었었다. 어떻게든 남은 인연의 끈을 붙잡아 보려는 노력에 지쳤었다. 울어도 보고 떼를 써 봐도 상대들은 돌아오지 않았다. 그래서 그러지 않기로 했다. 구질구질한 이별을 하지 않기로 했다.

그래서 당신은 쉽게 보내줬다. 헤어지자는 말에 당신의 의견을 존중해 주는 척 "그래."라고 말하며 눈물을 삼켰다. 쉽게 보냈다. 겉으로는 그랬다. 그런데도 마음은 시끄러웠다. 그런데도 기분은 더러웠다. 차라리 붙잡아나 볼 걸, 후회도 들었다.

이별의 방식에 정답은 없나 보다. 쿨한 척이고 뭐고 어차피 끝나는 마당에 마음에 담아 둔 못다 한 말이라도 전하는 게 맞나 보다. 이렇게 응어리가 남아 털어내기 힘들 거면, 덤덤히 보내 줘도 아플 거면, 아직도 좋아한다, 말 한마디 더 해 볼 걸 그랬다.

내 시간은 멈춰 있다

그와 헤어진 후 시계를 샀다. 모아 둔 돈을 탈탈 털어 생전 안 하던 사치라는 걸 해 봤다.

우리의 시간은 지나갔지만 나는 그렇게 시계를 삼으로 시간을 소유했다. 비싼 시계를 사면 왠지 우리가 보냈던 시간도 더 값어치 있어질 것 같았다.

내 시계는 멈춰 있다. 차고 돌아다녀야 자동으로 충전되며 시계가 갈 텐데, 당신이 없으니 딱히 차고 나갈 데가 없다. 시간을 공유할 사람이 없다.

가끔 멈춰 있는 시계를 구경한다. 그러면 왠지 우리가 사랑했던 그 시간으로 돌아간 것만 같다. 훌륭한 사치다.

달오름

어둠에 달이 오르면
그대를 향한 나의 그리움도 차오르고
우리의 기억은 흩어진 별이 되어
보이지만 잡을 수 없는 희미한 빛으로 남아
그저 저 별들 같은
환상이었구나. 그렇구나.

현명하지 못했던 내가 밉다

당신과는 모든 게 편했다. 의견 차이가 있을 때도 우리는 쉽게 조율했다. 서로의 감정이 격해질 때도 당황하지 않았다. 서로를 너무나 잘 알고 있었기에 때때로 올라오는 격정적인 마음도 이해할 수 있었다.

나에게 편함은 이상한 감정이었다. 관계 속에서 나는 항상 긴장했고, 과하게 설레었고, 오락가락하는 감정의 소용돌이 안에 있었다. 상대와 맞춰가는 과정은 자아가 강한 나에게 쉬운 일이 아니었다.

그래서 당신과의 편함이, 사랑이 아니라고 종종 착각했다. 내가 겪었던 연인 관계와는 너무 다른 모습을 띠고 있는 우리의 관계가 이질적이라 생각했다. 내가 당신과의 관계 속에서 한 가장 큰 실수였다.

가족과 같다. 지나치게 사랑해서 지나치게 편하다. 그렇기

에 다툼도 금방 흘러간다. 어쩌면 편함은 사랑의 궁극적인 형
태이자 모든 관계가 지향해야 하는 방향이 아닌가 싶다.

　당신의 편했던 품이 그립다. 현명하지 못했던 내가 밉다.

을의 연애를 해요

사람들은 왜 사랑을 갑을 관계로 나눌까요?
무슨 계약 관계도 아닌데 말이에요.
그러니까 꼭 결과를 도출해 내야 할 것 같잖아요.
기한이 있는 것 같잖아요.

우리는 그러지 말아요.
서로 매번 지는 '을의 연애'를 해요.
결과에 대한 기대도 하지 말고
언제 끝날까 불안해하며 기한을 정하지도 말아요.

그냥 마음 가는 대로
그렇게 남김없이 사랑해요.

당신과 미래를 꿈꾸고 싶다

하루의 쉼이 주어진다면
영원한 사랑을 그리는 영화를 보며
당신과 미래를 꿈꾸고 싶다.

현실 따위는 다 잊고
화면에 나오는 궁전 같은 저택에서
"우리 저런 곳에 살자."
그런 터무니 없는 미래를 그리고
함께라면 분명 할 수 있을 거라고
그렇게 내뱉고 싶다.

기왕이면 비행을 해 보자

비행 공포증을 앓는 사람들이 많대. 실제 사고 사망률로 따지면 자동차가 훨씬 더 위험한데 말이야.

누군가를 향한 마음의 고백이나 관계의 시작도 비행과 같지 않을까 해. 누군가를 좋아하는 마음은 항상 생소하잖아. 관계의 시작은 언제나 알 수 없는 미지의 영역처럼 느껴지지.

세상에 아름답게 사랑하는 사람들이 얼마나 많은데. 그런데 우리는 비극에 더 집중해. 무서우니까. 사랑은 항상 낯선 것이니까. 그렇게 두려움이 눈을 가리면, 아름다운 사랑이 잘 보이지 않아.

혼자 드라이브하는 것도 좋지만, 기왕이면 우리 비행을 해 보자.

여행은 낯설지만 설레는 일이잖아. 도전해 볼 만한 가치가 있는 경험이잖아. 이번 비행은 생각보다 안전할 거야.

우리 여행 가자

우리 여행 가자.
기왕이면 쌀쌀한 날에 해 뜨는 호숫가로 말이야.

파랗던 하늘은 점점 당신의 체온처럼 따뜻한 색을 띠고
고요한 호수에 비치는 햇살은 우리에게 희망을 줄 거야.
나는 춥다는 핑계로 슬며시 어깨에 기댈래.
내 마음이 전해지기를 뜨는 해님한테 빌면서.

그러니 여행을 가자.
사랑에 빠질 수밖에 없는 곳으로,
쌀쌀한 날, 해 뜨는 호숫가로 말이야.

봄날, 우박이 내린다

4월의 봄날,
우박이 내린다.

뜬금없다.
이건 기적인지
이상 현상인지
지구의 변덕인지 모르겠다.

'우리의 이별 같다,'
고 생각했다.
뜬금없고 갑작스럽고 이상한
그런 사고 같은.

우리의 이별은 겨울과 같았습니다

계절의 아름다움으로 따지자면 겨울만한 날들의 모음이 없겠습니다. 하얗게 쌓이는 눈도, 뿌옇게 뿜어져 나오는 입김도, 누군가의 생일을 축하하는 거리의 수많은 불빛도 무척 낭만적입니다.

추위 따위가 그 낭만을 이길 수는 없습니다. 그저 따뜻한 장판에 누워 잠시 시간을 보내면 잊힐 차가움 따위는 겨울이 주는 낭만을 꺾을 수 없습니다. 기껏해야 두꺼운 옷으로, 한 번의 포옹으로 사그라질 찬기는 겨울의 아름다움에 비하면 아무것도 아닙니다.

우리의 이별도 그러했습니다. 많이 아프고 차가웠지만, 사랑했던 시간이 길고 깊었던 만큼, 꽤나 큰 낭만을 남겼습니다. 이별의 차가움이 추억의 낭만을 이기지 못합니다. 찬 바람이 불면, 당신의 안부가 궁금합니다.

말 좀 해 주지

비 온다더니 해가 쨍쨍하네.
일기예보도 맨날 틀리는데,
내가 당신 마음을 어떻게 맞혀. 어떻게 알아.

말 좀 해 주지.
햇빛도 당신도 야속하다.

물에 빠질래

바보 같은 질문을 몇 번이고 했었다.

"너네 고양이랑 나랑 물에 빠지면, 누구부터 구할 거야?"

나는 당연히 고양이라 답했다. 그러면 이내 섭섭한 표정을 짓고는 했다. 나는 수영을 잘하는 그의 질문이 그저 귀여웠다.

그때는 몰랐다. 그 질문이 그의 불안감의 표현인지를. 세상에서 자기가 가장 우선이 되었으면 좋겠다는 뜻임을. 뻔히 알고 있는 거짓말이라도 들어야 안정될 것 같은 마음을. 그 유치한 질문이 나를 떠날 수도 있다는 신호임을.

다시 한번 묻는다면, 나는 이렇게 답하련다.

"고양이를 구하고, 나는 당신과 같이 물에 빠질래."

이 마음은 무엇인지

헤어지고 난 이후부터 쭉, 나는 그가 돌아오면 받아 줄 준비가 되어있었다. 나와 헤어질 당시, 그는 새로운 일을 시작했고, 기존의 인연들이 떠나갔고, 새로운 환경과 사람들에 적응하느라 혼란스러워했다. 내가 본 6년의 세월 중 가장 불안한 모습을 그는 하고 있었다. 그래서 연애에는 집중할 수 없겠다는 그의 헤어짐의 이유는 납득할 만한 것이었다. 그럼에도 불구하고, 이별은 아팠고, 그럼에도 불구하고, 그는 돌아오지 않았다.

사랑이란 감정은 무엇일까. 사랑으로 얻을 수 있는 행복감이나 만족감보다 아픔이 더 크다면 우리는 '사랑'이라는 단어를 너무 미화하고 있는 건 아닐지 모르겠다. 나는 다시 이렇게 혼자가 되고 염세적인, 사랑이 마른 본래의 모습으로 돌아간다.

바람 쐬러 가자

언니. 여기는 멍이 드는 바다야. 뛰어들면 돌이 너무 많아 피하기가 힘들어. 그래도 되게 재밌어. 다리에 든 멍이 예뻐. 그 정도로 재밌고 행복해. 많이 보고 싶어. 같이 왔으면 좋았을 텐데. 분명히 웃었을 것 같은데.

언니. 바람을 쐬니까 마음이 정화되더라. 고민이 없어지는 건 아니지만 조금 숨 쉴 구멍이 생기더라. 준비가 되면, 어디든 가자. 생각에, 방 안에, 아픔이 남은 곳에 머물지 말고 어디든 가자. 멍이 아픔이 아닌 추억이 되는 그런 곳으로 바람 쐬러 가자.

우리는 어울리지 않았었나 봐

꿈을 꿨어. 처음 보는 예쁜 꽃이 배달 왔는데, 시킨 기억이 없는 거야. 전해준 사람은 나에게 먹어도 되는 꽃이라 했어. 의심스러웠지만 한 잎 따 씹었어. 참 달더라.

왠지 찝찝해서 더 먹진 않았어. 그래도 기왕 받은 꽃이 아까워 화병을 꺼내 꽃을 꽂았지. 그런데 꽃이 내 방 분위기와 너무 안 어울리는 거야. 그래서 그냥 버리기로 했어.

꽃을 화병에서 꺼내 반쯤 꺾어 신문지에 돌돌 말아 쓰레기통에 넣으려고 하는데, 어떤 아주머니가 와서 본인에게 주면 안 되냐 묻는 거야. 나는 말했지. 이미 버리려고 했던 거라 온전하지 않은데 괜찮겠냐고. 흔쾌히 괜찮다, 하시더라.

꽃을 먹는 꿈은, 오래 그리던 사람이 돌아오는 꿈이래. 그런데 나는 그걸 다른 이에게 주었으니, 당신은 오지 않으려나 봐.

언제부터인지는 모르겠지만, 나는 당신이 나와 어울리지

않는 사람이라는 걸 깨달았나 봐. 화병에 꽂혀 있던 꽃이 풍기던 이질감이 우리에게도 풍겼었나 봐. 우리의 사랑은 그다지 달콤하지 않았었나 봐.

영원은 없겠다

시간은 사람이 만들어 놓은 단위일 뿐이다. 센티미터, 킬로그램, 월, 일 같이 편의를 위해 분류해버린 숫자에 불과하다. 순간의 연속을, 그저 흐름일 뿐인 것을 사람의 기준으로 묶어 놓았다.

그렇기에 '영원'이란 것도 없겠다. 영원한 사랑, 영원한 아픔 같은 것들 말이다.

다행이다. 나는 당신이 다른 사람을 영원히 사랑하기를 바라지도, 당신이 준 상처에 영원히 아파하기도 원하지 않으니, 영원이 없다는 사실이 반갑다.

잠깐 빌려 갑니다

억지로 깨뜨린 기억의 조각들을
길을 걷다 문득 마주치곤 해요.

오늘은 산책을 다녀왔어요.
우리가 처음 술잔을 기울였던 당신의 사무실은
어느새 누군가의 공간으로 바뀌어 있네요.

조각을 맞추고 싶은 생각은 없었는데,
이곳을 지나갔다는 핑계로
기억의 조각을 주워 갑니다.

하룻밤만 간직하고 있다가 다시 가져다 놓을게요.
고마워요.

겨울은 보내 줘야지

경칩驚蟄이다. 계절은 돌고 돌아 다시 봄이 왔다. 창으로 들어오는 햇볕의 따스함과는 다르게 그대를 그리는 내 마음은 아직 차갑다. 꽁꽁 얼어붙어 한 번에 뜨거워지면 파사삭 금이 갈 것 같아 무섭다. 그래도 계절이 바뀌었으니, 언젠가는 녹겠지, 조금 천천히 녹이면 되겠지, 생각하며 밤새 내 체온에 따뜻해진 이불에 얼굴을 묻는다.

보내 줘야지. 이제는 보내 줘야지. 나만 놓으면 끝나는 관계를, 그 겨울의 끝자락을 나는 아직도 붙잡고 있다. 봄이 왔으니, 이제 정말 놓아야 할 것 같다. 그러니 행복하기를 바라는 마음으로 겨울과 함께 보내주어야지 되련다.

그러다가도 다시 한번 붙잡을 수 있을 것 같아서, 당신도 나와 같은 마음이지 않을까 싶어서, 같이 지냈던 시간은 분명히 의미 있는 것일 텐데 지금의 봄날이 의미 없을 리가 없어서, 놓으면 안 될 것 같은 고집이 고개를 든다.

벌떡 일어선 이기심에 내쉰 한숨이 다시 돌아와 내 코를 간지럽힌다. 재채기를 크게 한 번 하고 나니 잠이 깬다. 그래. 겨울은 보내 줘야지.

가슴 아프지만, 그렇습니다

일부러 피하던 당신의 눈빛이 잊히지 않습니다. 스치던 눈길에 빨개지던 그 얼굴은 분명 아직도 사랑을 말하고 있었습니다. 일부러 그 저항하기 힘든 감정을 피하려 끝까지 내 눈을 바라보지 않았던 당신의 의지가 담긴 표정이 잊히지 않습니다. 가슴 아팠지만, 이해할 수 있었습니다.

굳이 사랑하지 않으려 노력한 김에 조금 더 노력해 주었으면 좋았을 걸 그랬습니다. 아직도 당신의 향기가 나에게 맴돕니다. 나를 위해 해 준다는 기도가 나에게도 들리는 것 같습니다. 당신의 노력이 무색하게도, 나는 아직도 당신을 사랑합니다.

당신의 마음은 피어나고 있나요

월川을 순우리말로 표현하는 법을 배웠어요.
4월은 '잎새달'이래요.

땅의 생명이
잎을 돋운다는 잎새 달인 지금,
당신의 마음은 피어나고 있나요.

나는
따뜻했던 그대의 품에
싹이 돋기를 바라면서도
그 싹이 나라는 씨앗으로부터 생겨난 것이었음 좋겠다는
그런 이기적인 생각을 하고 있어요.

그러니 너무 멀리 가지 마세요.

오늘은 차가 쓰다

커피를 끊었다. 생각이 많은 날에는 잠이 오지 않았다. 불면이 노크하는 밤, 멍하니 누워 시간을 보낼 때면 슬픔이 마음에 스며들어 괴로웠다. 좋아하는 거 안 마시고 덜 괴로울 수 있다면 기꺼이 그리해야 했다. 씁쓸한 걸 마시고 씁쓸한 밤을 지새우고 싶지 않았다.

당신은 연하게 커피를 마셨다. 오래된 플라스틱 용기에 우린 커피 조금을 넣고 물을 콸콸 부은 다음 휙휙 흔들어 맑게 보리차처럼 만들었다. 그 밍밍한 액체를 종일 마셨다. 독한 커피 맛을 좋아하지 않았다.

이제 와서 '닮아간다'라고 생각하면 너무 비약일까. 불쑥 찾아온 당신 생각을 곱씹다 너무 오래 우린 내 찻잔은 새까만 액체로 그득하다.

다행이야

"언니는 또 극복할 거야."

"응."

"그때처럼 또 성장할 거고."

"알아."

"괜찮진 않지?"

"응. 아파."

"정상이네. 다행이다."

사랑할 용기는 남아있는지

"그래서 네가 뭘 어떻게 할 건데?"

"그러게."

그러게. 나는 할 수 있는 일이 없네. 그와 나는 이미 헤어졌고, 나는 그를 붙잡을 타이밍을 놓쳐 버렸네. 나는 신이 아니니 그의 마음을 한순간에 바꿀 순 없겠지.

그래서 써 내려 갈 거야. 그에 대한 사랑, 그리움 어쩌면 미련 같은 것들 말이야. 종이에 내 마음을 놓아두면 그날 하루는 숨쉬기가 조금은 편해지니까. 돌고 돌아 이렇게 적어 나간 나의 마음이 그에게 전달될지도 모르니까. 그런 희망을 품고 내 마음을 적어 내려갈 거야.

그렇게 계속 써 내려가다 보면 깨닫겠지. 종이에 담아내는 내 감정이 언제쯤 소진될지. 우리는 정말 안 될 인연이었는지. 혹은 나에게 타인을 사랑할 수 있는 용기가 남아 있는지.

당신에게는 아직 내가 있나요

가끔은 그런 상상을 해요.
같은 차원, 다른 우주에서의 나는
그때와는 다른 선택을 해서
당신과 함께 아침을 맞이하고
저녁을 마무리하며

어쩌면 당신과 닮은 아이를 낳아
당신과 그랬던 것처럼
그 아이와 투덕거리며
그렇게 살고 있지 않을까 하는.

바보 같게도 그런 상상을 하면
나의 삶을 책임져야 했기에
당신의 삶까지 책임지지 못한 나 자신이
조금은 덜 미워져요.

당신의 상상 속

다른 우주 속에는 내가 있나요.

우리는 조금 더 나은 선택을 했나요.

그럼에도 사랑합니다

당신을 선택할 겁니다. 과거로 돌아가 저에게 다시 선택권이 주어진다 해도 저는 당신을 사랑할 겁니다. 무던한 일상보다 사랑의 상처를 택하렵니다.

깊은 상처는 쉽게 아물지 않습니다. 그럼에도 불구하고 저는 다시 한번 당신을 선택할 겁니다. 우리의 기억은 아픔보다 찬란함이었기에 그 빛이 제 이성을 멀게 한 걸지도 모르겠습니다.

찬란했으니 괜찮습니다. 아름다웠으니 괜찮습니다. 그래서, 그래도 저는 당신과 사랑하렵니다. 아직도 당신은 나에게 사랑이어서, 상처보다 큰 사랑이어서, 저는 당신 옆에 있을 겁니다.

오늘의 마음은 따뜻합니다

봄이라고 하는데, 낮 최고 기온은 섭씨 30도에 육박합니다. 비가 오는 오늘 같은 날에는 해가 지면 난데없는 추위가 찾아옵니다. 하루 안에 사계절이 다 담깁니다. 지구가 무언가 불만이 있나 봅니다.

지구의 변덕에 비하면 당신을 향한 내 마음의 온도 차도 별 것 아니겠습니다. 어떨 때는 미친 듯이 보고 싶었다가 어떨 때는 한없이 식어버리는 이 마음이 어느 정도는 납득이 되겠습니다.

우리는 그런 세상에 살고, 그런 사랑을 하고 있나 봅니다. 변덕과 온도 차가 심한. 그렇지만 나쁘지 않은. 살아갈 만한. 그런 세상 말입니다.

오늘 내 마음의 날씨는 따뜻합니다. 언제 또 변할지는 모르겠습니다. 그러니 많이 기다리게 하지 않았으면 좋겠습니다. 변덕스러운 추위가 찾아오기 전에 따뜻한 눈인사 한 번 나눴음 좋겠습니다. 미소 한 번 나눴음 좋겠습니다.

반드시 행복하세요

오랫동안 마음의 문을 걸어 잠갔다.
사람 만나는 게 무서웠고, 사랑하는 게 무서웠다.
암막 커튼 속 컴컴한 내 방 안에서 많은 나날을 보냈다.

당신은 나의 마음의 빗장을 도끼로 찍어내려
날 세상 밖으로 끌어낸 사람이었다.
이별이 줄 수 있는 상처보다
사랑이 남기는 추억이 훨씬 짙을 수 있다는 걸
가르쳐 준 사람이었다.

그래서 나를 양지바른 곳에 데려다준 당신만큼은
누굴 만나든
어디에 있든
무엇을 하든
반드시 행복해야 한다.

오늘도 나의 기도는 당신으로 시작하고,

그러니 불안해하지 말고

자신을 사랑할 줄 알고

반드시 행복하기를.

Ⅱ

더 사랑하고

그대로 아파하고

그냥 이렇게

위로는 사양하겠습니다

"괜찮아. 좋은 사람 만날 거야."

관계의 끝에서 항상 들었던 말이 이번에도 지겹게 찾아옵니다.

지난번에도 나는 이 말을 들었었고, 나는 더 좋은 사람을 만나지 않았습니다. 그저 다른 사람을 만났을 뿐입니다. 내가 사랑했던 모든 남자는 나에게 좋은 사람이었습니다. 세상의 잣대가 그들을 어떻게 평가하든 나에게는 그랬습니다. 다만, 이별이 아팠을 뿐입니다.

그러니 위로는 고맙지만, 좋은 사람 만날 거라는 말은 사양하겠습니다. 사랑 안에서 그는 충분히 좋은 사람이었고, 그 사람과의 시간을 지우기가 아직은 어렵습니다.

사랑은 결코 사사로운 감정이 아니다

"관계를 정리하고 싶어."

그 한마디에 우리가 함께했던 수백 번의 낮과 밤이, 그나마 남아 있을지도 모를 친구로서의 우정이, 사막 한가운데 떨어진 물 한 방울처럼 순식간에 증발해 버렸다.

그가 마음이 돌아선 건 언제부터였을까. 길을 가다 갑자기 하는 포옹이 없어졌을 때부터였나. "내일 봐."라는 말 대신 "잘 가."라는 말이 익숙해졌을 때였나. 아니면 내가 어디에 있는지 무얼 하는지 딱히 궁금해하지 않을 때부터였나. 나는 그가 아니니, 그의 마음을 알 길이 없다.

안타깝게도 나의 삶은 최고의 결과를 생각하기보다 최악의 상황을 대비해야 하는 사건들로 이루어져 있었다. 삶에 겁쟁이인 나는 이번에도 관계의 마지막 순간에 대해 종종 생각했다. 너무 감정적으로는 끝내지 말자는 다짐을 우리의 관계가 차가워질 때면 상기했다. 그럼에도 이별은, 그의 마지막의 말은, 갑작스러웠다.

"그래. 알겠어."

호흡 하나 흐트러지지 않고 나는 그렇게 답했다. 지독히 냉정했던 나의 태도가 그에게는 상처였을 수도 있겠다. 그러나 그 순간의 나는 조금만 흐트러지는 날숨에도 감정을 주체하지 못하고 주저앉아 버릴 것 같아서, 매달리고 붙잡고 가지 말라 소리칠 것 같아서, 그렇게 되면 정말 영영 그를 못 볼 것 같아서, 내가 다짐했던 대로 침착하고 냉정하게 말했다. 어차피 그는 결정을 내렸고, 나는 할 수 있는 게 나름 고귀하게 떠나 주는 것밖에는 없었다. 그가 연인으로서 기억하는 나의 마지막 모습이 추하지 않았으면 했다.

전화를 끊고 목이 쉬도록 울었다. 왜 우리가 헤어져야만 하는지 물어보지 못한 억울함 때문이었을까. 나에게는 남아 있는 감정이 그에게는 남아있지 않다는 사실에 화가 나서였을까. 혹은 이렇게 될 상황까지 대비했어야 할 만큼 나의 관계에 대한 두려움이 우리의 사랑을 구겨 놓은 건 아닐까 하는 자책감 때문이었을까. 아마 그 모든 것이었겠다. 그와의 이별은 나를 가장 크게 울게 했고, 오래 아파하게 했다.

연인이 아니게 된 후에도 우리는 마주칠 때면 환한 인사를 나눴다. 아무 일도 없었던 듯, 앞에서는 웃음 짓고 뒤에서는 울었다. 사랑의 감정이 나에게는 남아 있었고, 나는 그가 행복하기를 바란다고 착각했다. 사실 내가 바란 그의 행복은 남 옆에서가 아닌 나와 함께였다. 다른 사람과 함께하는 그를 볼 자신이 없다는 걸 깨닫고 나서야 나는 그를 떠났다. 그와 진짜 이별했다.

창피하지만 창피하지 않습니다

당신과 헤어지고 한 달을 숨어 있었다. 친한 친구들과도 연락하지 않았고, 가족과도 말을 섞지 않았다. '이별했다'라는 말을 내뱉고 상황을 설명하는 순간, 이별은 현실이 될 터였다.

사랑에 '실패'했다고 생각했지만, 내가 실패라고 생각했던 감정이 창피해서 숨은 건 아니었다. 그러나 헤어지고 많은 시간이 흐른 지금, 이 순간까지도 내 마음에 아직 하지 못한 말들이 남아 있는 건 창피하다. 할 말이 있다고 이렇게 글로 끄적이는 내 용기 없는 모습은 창피하다.

영리하게 살 걸 그랬어요

영리하게 살 걸 그랬어요. 삶에 기대하지 않고 사랑에 쏟아붓지 않고 그냥 적당히 살고 사랑할 걸 그랬어요. 그랬으면 그대와의 이별이 이렇게 아프진 않았을 거라 생각해요.

근데 그게 안 돼요. 저는 '적당히'가 안 돼요. 영리하게 마음보다 머리를 앞세우는 게 잘 안 돼요. 아마 앞으로도 안 될 것 같아요. 그래서 오늘도 영리하지 못하게 밤바람을 맞으며 우두커니 앉아있네요.

새벽은 이별에게 가혹하고

왜 새벽은 유독 이별에 가혹한지. 해가 뜨기 전까지 나는 밀려오는 그대의 생각에 멍하니 까만 밤하늘만 바라보곤 했다. 해가 늦게 지고 빨리 뜨는 여름이 되니, 밤의 달빛이 조금은 견딜 만하다.

그러면서도 여름이 밉다. 쌕쌕이는 매미 소리는 구애가 아닌 울음이 되고, 햇볕은 따뜻하기보다 뜨겁다. 모기 물린 자리가 가려우면, 우리가 사랑했던 여름날, 유독 목이 긴 양말을 고집했던, 그런데도 모기에 물려 얼룩덜룩했던, 나를 집까지 바래다주던 당신의 다리가 생각난다.

매미라면 창가로 날아가 맘껏 울부짖어 볼 텐데, 나는 고작 사람이라 그러지도 못하고.

바보 같은 낭만이 좋아

밀고 당기기 따위 못하는 내가 배움에 뒤처진 건가 싶지만, 그래도 나는 요령보다는 낭만이 좋아.

사랑은 어려울 수밖에 없겠다

배달 애플리케이션을 켜 놓고 한참을 고민했다. 무얼 먹어야 할지 모르겠다. 선택지가 너무 많다. 우리는 선택의 폭이 과하게 넓은 삶을 살고 있다. 아침에 일어나 어떤 브랜드의 커피를 마실지 고민하고, 후식으로 먹는 아이스크림의 맛은 서른한 가지를 넘은 지 오래다. '다양'이 너무 당연하다.

반면 사랑에서의 선택지는 단 두 가지뿐이다. 상대를 받아들이든지 밀어내든지. 잔인한 객관식이다. 관계가 지속되는 동안 제공된 정보로 한 사람의 인생을 평가하고 기한이 정해져 있지 않은 시험을 각자의 판단으로 마무리해야 한다. 일상의 삶과는 다르다. 선택의 폭이 좁은 건 익숙지 않은 일이다. 그렇기에 더 어렵다. 더 신중할 수밖에 없다.

어쩌면 현대 사회의 우리가 사랑에서 어려움을 겪는 건 당연한 일이겠다. 그러니 이번의 답이 맞지 않았다고 해도 너무 좌절하지 않아도 괜찮다고 생각했다. 커트라인이 높은 시험을 통과하는 일은 언제나 어려우니.

당신이 그립다

당신이 그립다. 연인으로서의 당신 말고, 친구로서의 당신이 그립다. 고민이 많은 오늘 같은 날은 특히 그렇다. 나는 어떤 마음가짐으로 어떠한 답을 해야 하는지 묻고 싶다. 당신은 분명 현명한 조언과 사사로운 위로를 건넸겠다.

그러나 이제 당신이라는 친구는 없고, 당신은 나에게 사랑의 상처를 준 사람으로만 남아있다. 어쩌면 '그립다'라는 말에는 다시 돌이킬 수 없는 시간에 대한 후회가 함께 담겨 있는 걸지도 모르겠다.

당신은 나에게 큰 사람이었습니다

'몇 시간 잤어?'

'밥은 먹었어?'

요즘은 약속이나 한 듯 친구들이 돌아가며 내 하루를 채워요. 나, 많이 힘들어 보였나 봐요. 참 미안하고 고마운 사람들이 많네요. 당신에게는 어떤 사람으로 기억될지 모르겠지만, 그래도 세상은 나를 아직 예쁘게 봐주나 봐요.

당신의 빈자리를 채우는 데 이렇게 많은 사람이 필요한 걸 보면, 당신은 나한테 정말 큰 사람이었나 봐요. 그래서 너무 감사한 하루하루를 보내고 있지만, 한편으로는 조금, 아주 조금 슬퍼요.

그런 마음에 놓지 못하는 거야

외줄을 타다 잠시 삐끗해서

그 줄에 대롱대롱 매달려 있는 거야.

사실 바닥까지의 거리가 그리 멀지 않거든.

손만 놓으면 땅에 무사히 닿을 텐데

그런데 나는 외줄 타는 걸 끝내지 못했으니까

그러니까 그런 마음에

놓지 못하는 거야.

무사히 땅에 닿는 것보다

포기하지 않고 끝까지 가는 게 나에게는 더 중요하거든.

지금 그를 향한 나의 마음이 그래.

나의 그리움은

나의 그리움은

저녁 어스름의 색을 띠고
그다지 곱지 않은 모래가 파도에 쓸리며
비는 오지 않지만
왠지 비 냄새가 나는 것 같은
파도 소리보다
내 들숨과 날숨의 소리가 더 잘 들리는
그때와 그대를 닮은

현실의 것이 아닌
조금은 꾸덕한 공기의 흐름이 낭만을 담고 있어
세상에 영원한 안녕은 없다고
자꾸만 그렇게
바람이 속삭이고 속이는

그런 곳이며 그러한 것이라고.

더 사랑하고 그대로 아파할게

"난 언니의 지질함이 좋아. 허물없이 사랑하고 상처를 내보이는 순수한 모습이 좋아. 숨겨도 계속 쏟아져 나오는 마음이 좋아. 그래서 사랑스러워. 사랑해 주고 싶어. 그러니까 더 지질해 줘. 더 사랑하고 그대로 아파하고 그냥 이렇게 있어 줘."

잘 자요

아주 오랜만에 당신이 꿈에 찾아왔어. 지나간 시간이 무색하게 어색하지 않은 인사를 나누고 밝은 미소로 반가움을 표현했어.

힘든 일이 많다며 나에게 근황을 털어놓았고, 나는 그동안 내 생활에 관해 이야기했어. 오고 싶었는데, 오지 못했었다는 당신의 말도, 힘들어하는 당신의 모습도 꿈이지만 보기 쉽지 않더라.

"자주 와."라는 말로 당신을 배웅했어. 당신은 "응."이라 말하며 미소로 답했지만 꿈에서도 알 수 있었어. 이제는 우리가 꿈에서조차 만나기 힘들 거라는 걸.

왜 우리의 끝은 꿈에서까지 매정해야 할까. 이제는 슬프지 않지만, 아직도 가슴은 무겁다. 별일 없어야 해. 행복하게 잘 살아야 해.

혹시나, 아주 혹시나 힘든 일이 있다면 언제든 부담 없이 찾아와도 돼. 옛 연인의 감정 이런 걸 떠나서, 힘든 걸 공유할 수 있는 정도의 관계는 되잖아, 우리.

오늘 밤 당신에게는 편안한 꿈이 찾아가길 바라. 잘 자요.

빈자리가 크다

문득, 내 침대가 너무 크다. 나 어차피 구석에서 자는데.

기억이 날지는 모르겠지만

그래도 우리 참 멋졌어.

"부럽다."라는 말 참 많이 들었었는데.

각자가 잘나서는 아니었을 거야.

우리, 그때는 둘 다 가진 거 없었잖아.

우리의 사랑이 그만큼 예쁘고 견고했었나 봐.

기억이 날지는 모르겠지만.

확실히 그랬었다

관계 속에서 우리는 많은 비밀을 공유했다. 사소한 것도 있었지만 가장 개인적이어서 치부가 될 법한, 남들에게는 말해 본 적 없는 비밀도 있었다. 그렇게 우리는 서로의 가장 취약한 점을 공유하며 사랑을 했었다.

헤어지고 나서도 비밀이 새어 나갈 거라 우려하지 않았다. 약속한 듯, 우리 둘은 침묵을 지켰다. 비밀을 지켜달라 말하지도 않았다. 어련히 그렇게 할 것임을 잘 알고 있었다.

믿음이었다. 사랑이었다. 확실히 그랬었다.

결혼 생각은 없습니다

결혼 생각은 없어요. 때때로 외롭기도 하고 의지가 될 사람이 있으면 물론 좋겠지만, 혼자 꾸려나가는 지금의 제 인생이 꽤 마음에 들거든요. 마음에 드는 생활에 다른 걸 더 첨가하고 싶은 생각이 당장은 없어요.

남들이 말하는 조건 있잖아요. 학력이나 직업이나 월수입 같은 것들 말이에요. 물론 중요하죠. 인생은 공짜로 살아지는 게 아니니까요. 다만 조건을 따라 사랑을 하거나 결혼을 하고 싶지는 않아요. 돈이나 명예는 한순간 신기루처럼 사라지기도 하더라고요.

그는 조금 특별했어요. 힘들 때도 그렇지 않을 때도 옆에 있었어요. 서로의 밑바닥을 보고도 서로를 지켜주려 노력했어요. 평생의 반려자는 그래야 한다고 생각해요. 삶은, 생각보다 많은 장애물을 던져주니까요.

제가 철이 덜 든 걸까요. 그렇지만 저는 조건을 내세우지 않고 자신의 바닥을 보여줄 수 있는 사람이 좋아요. 그만큼 어떠한 상황이 오더라도 헤쳐 나갈 자신이 있다는 뜻이니까요. 관계가 군건할 거라는 믿음이 있다는 뜻이니까요.

저희의 관계는 참 단단했어요. '조건'이 아닌 '믿음'이 저희의 토대였으니까요. 저희 둘 다 열정이 있는 성실한 사람들이니까, 같이 헤쳐 나가면 넘기지 못할 위기는 없을 것 같았어요. 그래서요. 그래서 그때에는, 그 사람과는, 평생을 약속하고 싶었어요. 다만 타이밍이 맞지 않았을 뿐이겠지요.

좋게 헤어지는 방법은 없어

"그래도, 좋게 헤어졌잖아."

내 속은 썩어 문드러지는데, 좋은 이별이 어딨어. 그냥 괜찮은 척, 이성적인 척, 고귀한 척하는 거지. 둘 중 하나지. 나처럼 체면치레하느라 할 말도 못 하고 상대방 존중해 주는 척 붙잡지도 않고 조용히 있다가 속이 곪아 터지거나, 아니면 기억도 잘 안 나는 섭섭한 일들 다 끄집어내며 서로의 밑바닥까지 보여주고 '아, 이 사람이랑 헤어지길 잘했구나.' 자기 위로하는 거지.

아픔 없는 이별이 어딨어. 좋은 헤어짐이 어딨어.

밉지만 원망은 못 해

"밉지. 평생을 함께하자던 사람이 떠났는데. 당연히 밉지. 그렇다고 원망은 못 해. 본인에게 최선의 선택이라 생각해 헤어진 거고, 최선이라 생각하는 다른 사람을 선택한 건데. 최선의 선택을 한 사람을 어떻게 원망해. 자기의 삶을 최선으로 꾸려가겠다는 사람을 어떻게 잘못되었다고 말할 수 있어. 많이 밉지. 밉지만 원망은 못 해."

안전하게 도착할래요

많이 지칩니다. 그리워하는 것도, 아주 작은 희망에 사활을 거는 것도, 이제는 그만하고 싶습니다. 요즘은 아침이면 떠오르는 그의 얼굴이 마냥 반갑지만은 않습니다. 이별의 여정이 꽤 길었던 건지, 힘에 부칩니다. 희망이 고문이라고 하는 말이 이해가 가지 않았었습니다만, 요즘은 그 말을 많이 실감합니다.

고문인 걸 알면서도, 사람이라, 희망을 따라가는 걸 멈출 수 없습니다. 마치 동굴에서 길을 잃은 사람처럼, 어둠에 둘러싸여 빛줄기를 따라 앞으로, 앞으로 나아갑니다. 이럴 때는 상자를 열었다는 판도라가 참 밉습니다.

이별이라는 여정의 험난함은 그런대로 적응된 것 같습니다. 빛을 따라 도착한 곳이 그대가 아니더라도 어쩔 수 없겠습니다. 다만, 가는 길에 돌부리에 넘어져 피나 흐르지 않았으면 합니다. 이 여행의 종착지에서의 나의 모습은 온전했으면 좋겠습니다.

오늘은 살 만해

누가 그러더라. 내일의 희망을 보며 산다고.
나는, 내일의 불행을 보며 살아.

내일은 더 힘들 거야.
그러니 오늘은 견딜 만한 거야.
그렇게 날 위로해.

그러면 그리움도, 아픔도, 상처도
견딜 만해.
모든 게, 그저 다음을 위한 준비 단계 정도로 생각이 들어.

나의 내일은 오늘보다 조금 더 힘들 거야.
그래서 오늘은 살 만해.

딱딱하지만 달달했던 우리가 그립다

레오. 초콜릿 맛인지 아닌지 모르는 비스킷 사이를 크림 필링으로 채운, '다섯'의 성을 가진 그 과자를 나는 좋아한다.

내가 사랑했던 그이는 싸우고 화해를 청할 때면 나에게 그 과자를 사다 주곤 했다. 한 통으로는 자기의 마음을 표현하기 부족하다고 생각한 건지 항상 서너 개의 파란 박스를 안겨줬다. 필링이 질려버린 나는 크림 부분을 싹싹 긁어내고 딱딱한 비스킷만 우걱우걱 씹었다. 그래도 다니까, 좋았다.

그런 관계였음 했다. 완벽히 부드러울 순 없어도, 조금은 딱딱해도 씹으면 단맛이 올라오는. 눈에 띄게 특별하지는 않지만, 자꾸 손이 가는. 질리면 먹는 방식을 조금 바꾸어 새로운 맛을 추구해 보는. 부드러운 날에도 씁쓸한 날에도 곁을 지켜 주는.

그와 헤어진 후 한동안 그 과자를 먹지 않았다. 편의점에

진열된 파란 박스만 봐도 가슴에 턱, 하고 뭔가 걸리는 것 같았다. 쌀쌀한 그 날에 그는 그 과자를 사다 주지 않았다. 우리의 마지막이었다.

오늘따라 그 과자가 먹고 싶다. 그가 보고 싶다는 뜻도 되겠다. 근황은 분명 알고 있는데, 그의 입으로 듣는 안부가 궁금하다. 이런 마음을 가져도 되는 걸까. 이미 해 봤던 관계. 이미 아는 맛. 분명 아는 데 왜 자꾸 다시 찾는지 모르겠다. 안부의 말 몇 자를 적었던 핸드폰을 내려놓는다. 편의점에 가려 입었던 외투를 벗는다. 오늘도 또 이렇게 마음을 누른다.

그럼에도 당신은 좋은 사람이다

혹시나 사람들이
당신을 나쁜 사람이라고 오해할까 걱정이 돼.
내 상처의 기록이 이토록 깊고 장황한 이유는
당신이 나에게 그만큼 좋은 사람이었고
내가 그만큼 사랑했던 사람이기 때문인데.

언제나 그랬듯 당신은 멋진 사람이고
나에게는 최고인 사람이야.
주고받은 큰 상처들이 무마될 만큼,

그만큼,
나한테만큼은
좋은 사람.

아프지만 고맙습니다

당신과의 기억이 내 발목을 잡고 있다고 생각했었습니다. 앞으로 나아가지 못하게 한다고 생각했었습니다. 마음의 문을 닫은 나는 연애를 할 자신도, 친구들을 마주할 용기도 없었습니다. 나에게 온기를 준 건, 일 끝나고 집에 돌아와 마주한 고양이들과 따뜻한 차 한 잔뿐이었습니다.

오로지 일과 운동에만 집중했습니다. 머릿속에 슬픔이 들어올 자리를 만들고 싶지 않았습니다. 몸을 움직이면, 생각은 자연스레 줄었습니다. 할 일이 없는 밤이 되면, 슬픔의 자리에 희망을 들이려 노력했습니다. 내가 더 나은 사람이 되면 어떻게든 다시 눈에 띄지 않을까. 그렇게 눈길 한 번 더 받아봤으면 좋겠다. 연락이 올지도 모르겠지. 희망을 품었었습니다.

당신과의 헤어짐이 나의 발목을 잡고 있다는 생각은, 틀린 것이었습니다. 사랑에 대한 희망은 잃은 지 오래지만, 이별 후 나는 더 나은 사람이 되었습니다.

당신은, 참 이상한 사람입니다. 관계 속에서도, 관계 밖에서도 나를 채찍질합니다. 아프지 않다는 건 아닙니다. 아프지만, 고맙다고 말하고 싶습니다.

가만히 흘려보내면 안 되는지

괜찮아지려 하고
용기 내려고 하지만
그냥 이대로
가만히 흘려보내면 안 되는 건지.

사랑이 억지로 찾아오지 않았듯
헤어짐도 자연스레 보내고 싶은데.

당신이라는 색은 바랠 생각이 없다

숨 쉬는 공기에
텁텁한 하늘에
발에 느껴지는 땅의 느낌에
빗소리에
비 냄새에
내가 살아 숨 쉬는 모든 곳에
당신이 묻어 있다.

얼마나 짙게 나의 세상을 칠한 건지
그 짙음에 취해
나는 오늘도 정신을 못 차리고
그대라는 환각이 나를 영원히 묶을 것 같아
'도망가. 도망가자. 도망가야 해.'
소리 없는 외침만 마음에 울리고
당신이라는 색은 바랠 생각이 없다.

약속은 지켜 주실 건가요

사랑하기 두려우냐 물었었다. 그동안의 기억이 너를 사랑하지 못하게 만드는 거냐 물었었다. 자기와 사랑하자 했다. 그러면 두려움도, 사랑에 대한 아픈 기억도 없어질 것이라 했다.

그 정도로 나를 잘 아는 사람이었으면 내가 아직도 그 약속을 지킬 거라 믿고 있다는 것도 알아야 할 텐데. 외면하는 건지, 알고 싶지 않은 건지, 아니면 정말 모르는 건지 알 수 없다.

내가 당신을 과대평가한 걸까. 당신은 그저 약속을 지키지 않는 사람이었던 걸까. 오늘의 밤도 깜깜하고 오늘의 마음도 먹먹하다.

헤어짐의 시간은 짧고
만남의 시간은 길었으면 좋겠다

만약 우리에게 인연이 남았다면, 그래서 이번의 헤어짐이
마지막이 아니라면, 이번에는 헤어짐의 시간은 짧고 만남의
시간은 길었으면 좋겠다. 그래서 아픔을 공유하는 시간보다
사랑으로 풍족한 시간이 좀 더 많았으면 좋겠다.

사랑하는 사람이 생기면 여행을 가세요

그러고 보니 우리, 멀리 여행을 떠나본 적이 없네요.

현실과 동떨어진 곳에서 지낼 기회가 있었다면, 우리가 처해있는 여러 상황에 압박을 받지 않고 서로의 순수한 마음을, 사랑을 확인해 볼 수 있지 않았을까, 아쉬움이 들어요.

먼 곳에서는 현실의 금전적인 문제들이나 가족의 결혼 압박도 멀리 있는 일처럼 느껴졌을 거예요. 그러면 확신했을 수 있었겠지요. 우리가 정말 서로를 사랑하는지 혹은 필요에 의해 사랑하기로 결정했는지 말이에요.

새롭게 사랑하는 사람이 생기면 꼭 여행을 가세요. 가끔은 현실에서의 도피가 새로운 방향성을 제시해 줄 때도 있으니까요.

다음이 있다면

흘러넘치는 내 마음은
좁은 혈관 하나하나를 타고 올라와
얼굴에 피었겠지요.
당신은 알고 있었을 거예요, 나의 남은 마음을.

당신의 눈에 간간이 차오르는 눈물이
그 마음을 애써 무시하려던 노력이라는 걸
나에게 들킨 것처럼.

다음이 있다면
어차피 들킬 마음 숨기지 말아요.
그냥 서로 안아 줘요.
그렇게 뛰는 심장 소리로 서로의 마음을 확인해요.

날씨도 내 마음대로 안 되고

비나 시원하게 내렸으면 좋겠다.
가장 얇은 옷을 입고 나가 비를 쫄딱 맞고
비 냄새에 당신을 기억하며 한참을 서 있다가
아주 지독한 감기에 걸려 열이나 펄펄 났으면 좋겠다.

몸이라도 아프면 생각이 덜 날 텐데.
마음이 아픈 거보단 그게 나을 텐데.
이놈의 비는 오랄 때만 안 온다.

그냥 울어야겠다

어쩌면 동화 속 해피엔딩은 책 속에서만 존재하는 것인지도 모르겠다. 핍박만 받다 왕자와 결혼해 꿈을 이룬 신데렐라는 행복하게 인생을 마무리했을까. 여성 평균 수명이 남성보다 길다니 아마 왕자는 먼저 세상을 떴을 테고, 혼자 남은 신데렐라는 자기편이 없어진 궁궐 안에서 그다지 '해피'하지 않은 결말을 맞이했을지도 모른다.

백년해로한다는 부부들도 결국 죽음이 그들을 갈라놓는다. 잔인하게도 이별은 피할 수 없는 세상의 섭리이고 따라서 사랑에 해피엔딩은 없다. 단지 엔딩을 언제 맞이하느냐에 따라 충격의 정도가 다를 뿐이겠다.

이별은 누구에게나 필연적이며, 상처 주지 않겠다고 약속했던 그는 제일 큰 상처를 주고 떠났다. 동화 속 행복한 공주들의 모습들은 기만이고 산타는 존재하지 않는다. 해피엔딩이 존재하지 않는다면 나는 무엇을 믿고 사랑을 해야 할까.

깊은 상실감이, 나를 잠식한다.

어차피 산타도 없다는데 그냥 울어야겠다.

잠깐이라도 들렀다 가요

마음이 꽉 차는 날에도
당신의 자리는 항상 남겨 놓아요.

힘들면 잠시 쉬었다 가도 좋고,
오래 머무르면 더 좋고.

사실은 말이야

　그냥 얘기하고 싶어. 뭘 하겠다는 게 아니라, 예전으로 돌아가자는 게 아니라, 그냥 사는 얘기, 힘든 얘기, 아직도 남아 있을지 모르는 꿈이나 희망, 목표, 이런 것들에 대해 떠들며 웃고 싶어. 그게 다야.

　어쩌면 보고 싶다는 뜻이야.

다시 사랑할 자신이 아직은 없어

"다시 사랑하면 안 돼? 나 언니의 사랑하던 모습이 그리워.

생기 있는 얼굴이 그리워."

이유가 없는 아픔일까요

　장마가 올 때쯤이면 어김없이 환상통phantom pain이 찾아옵니다. 큰 수술의 아픔을 기억하고 있는 나의 몸은 이유 없는 아픔을 만들어 냅니다. 배가 너무 아픈데, 이유를 찾을 수 없습니다. 그저 이번의 아픔도 계절과 함께 지나가겠거니 견디어 봅니다.

　당신에 대한 그리움도 이런 환상통과 비슷하지 않을까 생각합니다. 앓을 때가 훨씬 지났는데, 내 몸은 아직도 당신의 체온을 기억하고 그리워하며, 아파합니다. 이제는 안부도 알 수 없는 당신을, 내 심장이 기억합니다.

　장마가 지나가면 통증이 멈추듯, 당신에 대한 그리움도 언젠가는 멈추겠지요. 당신에 대한 사랑의 계절의 끝이 어딘지는 모르겠습니다만 그래도 계절이니, 분명 바뀔 겁니다. 괴롭지만 지나간다는 확신이 있는 고통은 그래도 견딜 만합니다. 견디어 내며, 잘 살아가고 있습니다.

달콤한 것은 대가를 바란다

로만 폴란스키Roman Polanski는 종종 그의 작품에서 사랑
의 절정과 죽음을 동일 선상에 놓았다. 윌리엄 셰익스피어
William Shakespeare의 로미오와 줄리엣도 죽음으로써 신분을
뛰어넘는 그들의 사랑을 증명했다.

어쩌면 너무 달콤한 것은 우리의 삶을 조금씩 앗아가는지
도 모르겠다. 과도한 당의 섭취가 우리의 건강을 조금씩 앗
아가는 것처럼.

생기는 아프도록 짧네요

일주일에 한 번씩 꽃을 샀었습니다. 생기가 없는 집 안은 꽃이 오면 금방 밝아지곤 했습니다. 꽃을 고르는 건 즐거운 일이었습니다. 아름다움 속에서 더 아름다운 걸 찾는 발견의 기쁨이었습니다. 제철에 나온 새 생명을 내 공간으로 들이는 건 꽤나 반가운 일이었습니다.

당신이 돌아오지 못한다는 걸 알았을 때, 나는 꽃을 사는 걸 멈추었습니다. 시들어가는 그것들이 마치 나의 모습 같았습니다. 생기는 아프도록 짧고, 쇠함은 잔인하도록 빨랐습니다.

겨울이 왔으면 좋겠습니다. 동백이 오면 반갑게 들어오라 하렵니다. 추위를 뚫고 피는 꽃의 의지력은 반가울 것 같습니다. 한 떨기 동백이 나에게 용기를 줄지도 모르겠습니다.

예전 같지는 않을 거야

우리가 다시 만난다고 해도
예전과 같지는 않을 거야.

더 좋을 수도 있고,
혹은 더 큰 상처를 남길 수도 있지.

나는, 상처가 남는 그 반의 확률에 배팅할 힘이 없어.
이번에 무너지면, 다시 일어설 힘이 없을 것 같아.

그리워. 아직도. 너무 많이.
그렇지만
그냥 이렇게 애틋한 게 나을 수도 있겠다.

우리에게 잘못은 없습니다

미안하다는 말로는 도저히 덮이지 않는 문제들이 있습니다. 사랑하는 연인 사이에서도 마찬가지입니다. 사과로 넘어갈 수 있는 일들이 있는 반면, 그렇지 않은 일들도 있습니다.

우리는 이러한 일들을 흔히 '잘못'이라고 말하지만, 다른 환경 속에서 자라난 두 사람의 '의견 차이'라 표현하는 게 더 정확할 것 같습니다. 각자의 삶을 살던 개개인이 '연인'으로 묶인다 해서, 서로의 가치관이 갑자기 바뀌는 건 아닙니다. 각자가 생각하는 잘못의 정도는 다른 게 당연할 겁니다.

그와 만나고 있을 때, 친구가 물었습니다. 이성과 함께하는 술자리에 어떻게 보낼 수 있냐고. 저에게는 별거 아닌 일이, 친구에게는 용납할 수 없는 일이었나 봅니다.

인연은 그런 게 아닐까 싶습니다. 의견 차이의 마지노선이 비슷한 사람을 만나는 것. 미안하다는 말로 서로의 잘못을

덮는 용기와 사랑. 갑자기 '짠' 하고 나타난 것이 아닌 노력으로 인한 결과물. 그런 것이 아닐까 생각합니다.

당신을 사랑하지 않기로 했습니다

당신을 더 이상 사랑하지 않습니다.
아니, 사랑하지 않기로 결심했다고 말하는 게
맞는 것 같습니다.

아픔은 어떠한 사건으로부터 비롯된다고 믿었습니다.
나를 떠난 당신을 원망한 적도
떠나게 만든 나 자신을 자책한 적도 많았습니다.

그러나 아픔 또한
흘려보내기로 다짐하면 흘러가는 것임을 배웠습니다.
사랑이라는 아름다운 감정에
아픔을 섞지 않기로 했습니다.
아픔을 사랑하기보다
사랑을 사랑하는 나 자신을 사랑하기로 했습니다.
쉽지 않은 결심이 마음을 두드립니다.

그래서, 앞으로 나아가야겠습니다.
그래서, 당신을 사랑하지 않기로 했습니다.

당신에게

나 당신을 떠나. 인사도 못 하고 간 게 마음에 많이 걸려.

결정하기까지 많이 고민했어. 새로운 사람이 생겼다는 건 최근에 알았어. 잘은 모르지만, 당신은 현명한 사람이니까 분명 괜찮은 사람을 택했을 거라 생각해.

당신이 항상 행복하기를 바라면서도 다른 사람과 연애를 하고 어쩌면 가정을 꾸리는 걸 볼 수 있을까 생각하면 그건 아니더라. 마음이 많이 괴롭더라.

그래서 나 가. 미안하고 고마워. 항상 그럴 거야. 오지랖 하나 부리자면, 누굴 만나든 마음을 편하게 해 주는 사람과 만났으면 좋겠어. 힘든 티 내지 않아도, 말하지 않아도 마음을 헤아릴 수 있는 그런 사람.

언젠가 인연이 다시 닿으면, 미소를 띠며 반갑게 인사해

줘. 하고 싶은 말이 많은데 이제는 의미가 없을 것 같아서 '꼭 잘 지내야 해.' 이렇게 줄일게.

추신. 나는 아마도 이 편지를 부치지 못할 거야.

이제 그만 아파하소서

불완전하고 불안정해서 아름다웠던 사람아.

흔들리며 피지 않는 꽃은 없다지만
이제 그만 아파하고
불안에서 벗어나
그대의 아름다움에 합당하게
개화開花하소서.

과감히 손을 놓는 거야

그와의 기억을 지우러 떠나온 도시는 한결같았다. 내가 가장 행복했던 시절을 보냈던 이곳의 공기가 반가웠다. 너무 바뀌었으면 어쩌나, 내가 알아보지 못하면 어쩌나 걱정했는데. 익숙한 모습으로 있어 준 도시가 고마웠다. 따뜻한 재회에 코끝이 찡했다. 하나의 재회는 성공했구나, 냉소가 나왔다.

밤마다 이곳의 공원을 돌았었다. 그때도 나는 생각이 많은 사람이었다. 그러나 그때의 나는 '무엇을 놓아야 할까.'로 고민하기보다 '무엇을 취해야 할까.'에 대해 더 많이 생각했다. 세상에 치이기 전, 막무가내로 열정적이었던 어린 나의 모습을 이곳에서 마주했다.

'떠나간 것에 집착하는 사람은 아니었는데. 포부가 큰 아이였는데.'

한참을 그렇게 과거의 나에게 읊조렸다. 그런다고 떠나간 시간이, 떠나간 사람이 돌아올 리는 없지만, 예전의 나를 보니 지금의 나의 모습이 조금은 다듬어지는 느낌이었다. 그리고 조심스레 미래의 나에게 소곤댔다.

'있잖아, 그래도 사랑이 찾아오면 쉽게 포기하지 마. 자존심 같은 거 버리고 지금의 그 모습대로 열정적으로 사랑해. 어차피 떠날 사람이어도 그렇게 해. 세상에, 사람들의 말에 졸지 말고 사랑 앞에서도 당당해. 후회 남지 않도록 그렇게 사랑해. 뒤돌아보지 않을 만큼 충분히 사랑해. 그래야 이별의 순간에 과감히 손을 놓을 수 있어. 떠나간 것에 집착하지 않을 수 있어. 너는 앞으로 나아가는 사람이니 과거가 너를 옥죄지 않도록 해.'

그러니 안녕, 당신. 당신과의 기억은 내가 가장 행복했던 곳에 소중히 묻고 돌아갈게. 이제 정말 안녕.

책을 선물하겠어요

이 책이 나오면, 당신에게 제일 먼저 선물할 거예요. 표지 하나를 넘기면 그때의 내 기분을 짧은 글귀로 담을래요.

당신이 받은 책을 버릴지, 소중히 간직할지, 읽을지, 혹은 읽지 않을지는 알 수 없겠지요. 그래도 괜찮아요. 저에게는 당신 이야기가 담긴 책을 보내는 행위 자체가 중요한 거지 행위의 결과가 중요한 건 아니거든요.

우리의 사랑도 결과보다는 과정이 더 중요했던 것처럼 말이에요. 적어도 저한테는 그랬어요. 당신에게는 빛바랜 기억일지도 모르지만, 저한테는 아직도 어렴풋한 불티를 머금고 있는 기억이라, 당신에 대한 서사가 이리도 기네요.

선물이 싫으시면, 돌려줘도 괜찮아요. 이제는 우리의 이야기가 많은 사람의 마음을 어루만지고 위로를 주고 어쩌면 사랑에 대한 희망을 줄지도 모르니까요. 그걸로 됐어요. 이번의 마지막은 아름답네요.

III

결국

모든 게 사랑

때문에

바다에 가고 싶었다

바다에 가고 싶었다.

집은 답답했고, 날씨는 더웠고, 바람은 서늘하지 않았다.

충동적으로 짐을 싸다 바다에 간 마지막 기억이

당신과의 것임을 상기했다.

당신 생각이, 밀물과 썰물처럼 왔다가 지나간다.

야속하게도 멈추는 일이 없다.

끊임없이, 시끄럽게 반복된다.

바다가 여기에 있다. 여기가 바다였다. 도망갈 곳이 없다.

당신은 내 바다였다

민물에서는
파도가 쳐도 뜨지 않아.
밀려오는 물결에 꼼짝없이 잠겨야 해.

당신은 내 소금이자 바다였어.
파도가 와도 나를 올려줬어.
숨 쉴 수 있는 생명력을 주었어.

당신이 없는 이곳은
많이 힘들다.
자꾸만 나를 바닥으로, 바닥으로 끌어내려.

이름이 미웠다

나를 애칭으로 불렀었다. 하찮다고 생각했던 내 존재가 사랑의 이름을 띠니, 행복했다. 그의 입에서 헤어짐이 선언되는 순간, 칼같이, 그 애칭은 이름으로 바뀌었다.

재이야. 재이야.

어느 시인은 이름을 불러주는 순간 꽃이 되었다 했지만, 나는 그가 내 이름을 부르는 순간 손님이 되었다. 인생에 짧은 순간 잠깐 왔다 간, 기억에 남을지도 확실치 않은 스쳐 지나감이 되었다.

재이. 사랑이었던 재이.

나는 스치는 바람이었으며 공기 청정기에 힘없이 빨려 들어 갈 먼지 한 톨이었고, 가을에 바스락거리는 소리로 내리눌러 밟히는 낙엽이었다. 철거될 낡은 상가였으며 먹을 수 없는 타버린 고기 조각이었다.

세상 모든 곳에 내가 있었고, 세상 모든 곳에서 나는 사라졌다.

이별의 순간을 변명으로 포장하지 마세요

이별의 순간을 변명으로 포장하지 마세요.
그냥 마음이 떠났다고
더 이상 사랑하지 않는다고
그렇게 솔직하게 말해 주세요.

배려라는 가면을 앞세운 변명에
그 변명의 문제가 해결되면
다시 만남이 가능할 거라는
그런 바보 같은 기대를 하는 사람도 있거든요.

차라리 안아라도 주지

한 번의 포옹이 얼마나 큰 위로를 주는지 당신은 모르겠다.
이별의 말 한마디가 얼마나 큰 아픔을 주는지도 몰랐으니.

오늘이 다시 오듯이

머칠을 앓았습니다. 아니, 앓았다는 표현으로는 부족할 것 같습니다. 먹지도, 마시지도, 자지도, 움직이고 싶지도 않았습니다. 당신이 새로운 사랑을 찾았다는 소식은 나에게서 삶의 이유를 빼앗아 갔습니다.

신이 미워 소리치며 울었습니다. 나한테 도대체 언제까지 이러실 거냐 물었습니다. 가장 소중한 것들을 몇 년 사이에 얼마나 빼어 간 거냐고, 그게 학대가 아니면 무어냐고 발악했습니다. 남들 눈에 잘 지내 보이면 뭐 하냐고, 겉이 번지르르하면 뭐 하냐고, 내 곪아 터지는 속과 보이지 않는 속사정들은 어떻게 해결하라는 거냐고 울부짖었습니다.

그렇게 한참을 울다 지쳐 누워 있다 문득 깨달았습니다. 이 아픈 인생은 참으로 잔인해서 아주 오래 지속될 거라는 걸 말입니다. 남은 몇십 년의 시간 동안 우리는 다시 한번 만나게 될 겁니다. 꼭 연인으로서가 아니더라도, 언젠가, 어디

선가 우리는 마주칠 겁니다. 처음 만났을 때처럼 밝게 웃고 인사하며, 별것 아닌 추억 이야기로 낄낄대며 시간을 보낼지도 모릅니다. 그거면, 그 희망 하나면 됐습니다.

아프고도 긴 삶이 고단했습니다. 미웠습니다. 아등바등 유지하는 하루가 힘들었습니다. 하지만 이제는, 살 만하겠습니다. 어제가 가고 오늘이 다시 옵니다. 언제가 될지 모르는 그때를 기다리며 나는 용기를 내어 눈을 뜹니다.

수면 아래

뛰는 심장 소리가 너무 커 잠에서 깼다.
바닷물 깊숙이 들어가
숨을 아주 오래 참다가
갑자기 해수면을 만난 것처럼
한참을 헐떡거렸다.
공기를 만나면 안도해야 하는데
내 바다는 아직 밤이라 너무 춥다.

정말 당신이 다른 사람들이 말하는 것처럼
이기적인 사람이면 어쩌나 무섭다.
우리의 관계는 한때의 장난이었고
나를 향한 감정이 사랑이 아닌 소유욕이었고
그래서 그대가 다른 사람과 평생을 같이 하기로 결심하면
나는 어떻게 살아가야 하지.

다시 잠수해

해가 뜰 때까지 기다려야 할까.

그때까지 나는 숨 쉬지 않고 버틸 수 있을까.

제발 가라

나는 이 자유가 싫다. 당신 없는 자유가 싫다.
홀로 남겨진 나의 자유는 오히려 나를 옭아맨다.
자유는 누리는 거라던데,
나는 당신 없이 무언가를 누리는 방법을 잊어버렸다.

규칙이 없는 감정의 심연 속에서 오늘을 흘려보낸다.
무슨 요일인지, 며칠인지도 잘 모르겠다.
가라. 제발 가라. 당신이든 자유든 가라.

미운 정이 더 무섭대서

사랑이 다시 찾아오면, 지겹도록 사랑할 거예요. 지지고 볶고 징글징글하게 오래 꼭 붙어 있을래요. 고운 정도, 미운 정도 많이 들어서, 그래서 정 때문이라도 쉽게 헤어지지 못하게, 그렇게 사랑할래요.

이상하게 들리겠지만

그런 기분 알아요?
내가 사랑하는 남자가 사랑하는 여자를
나도 사랑하는 기분.

이상하게 들리겠지만, 지금의 내가 그래요.

그가 선물한 꽃다발에 웃는 그녀의 모습이
그때의 나와 같아서 사랑스러워요.
그녀가, 동경할 수밖에 없는
사랑의 얼굴을 하고 있어요.

그런데 이 사랑이요.
여느 외사랑이 그렇듯
참, 숨 막히네요.

질투도 사랑의 부속이니까요

당신을 사랑하지 않겠다고 결정했다 해서, 당신 옆에 있는 사람을 질투하지 않겠다는 건 아니에요. 사랑은 아름다움으로, 상처는 아픔으로 미화되고 있다면 질투 또한 솔직함으로 칭찬받아 마땅한 감정이라고 생각해요.

결국 모든 게 사랑 때문입니다

'왜 나를 떠났을까.'라는 질문이 '나는 무얼 위해 살고 있지.'로 바뀌기까지는 많은 시간이 필요하지 않았습니다.

사랑하던 사람과 그리던 미래는 사라졌습니다. 돈이나 명예도 무슨 의미가 있으려나 싶습니다. 그저 살아 있기에, 생명이라는 그 책임감에 일하며 움직이지만, 삶에 대한 열심에 회의를 느낍니다.

왜 이렇게까지 열심히 살아있어야 하는지 밤새 고민했습니다. 나는, 더 이상 이 세상에서 해 보고 싶은 게 없습니다. 단지 나 없이는 못 산다는 우리 엄마의 말 때문에, 나는 또 내일의 아침을 맞이할 겁니다.

아이러니하게도 나는 사랑을 잃어 살고 싶지 않으나 사랑 때문에 살아 내야 합니다. 결국 모든 게 사랑 때문입니다. 이 크나큰 감정이 너무 무겁고 무섭습니다.

나는 당신에게 있다

밀물과 썰물이 교차하는 그 어느 시점,
물도 뭍도 아닌 뻘이 있다.

찐득하게 발에 붙어 점점 깊이가 깊어지고
나오려 발버둥 칠수록 발목을 붙잡아
생명을 잡아먹을 듯 덤비지만

알고 보면 조개나 고둥 따위의 많은 생명을 품고 있는
살아 숨 쉬는
당신과 같은
그런 뻘에 나는 있다.

밀물이 들어와 같이 쓸려
뭍으로 나가면 나으려나 싶지만

시간은 가면 뻘은 다시

진득하고 찐득하게

신비롭고 거무튀튀한 자태로 나를 집어삼킬 게 분명하다.

못된 건 알지만

"추억이요. 그 알량한 추억이 가슴 깊이 기억으로 남아 칼이 되어 나를 찔러요. 그래서 그래요. 그래서 나와 함께하지 않는 행복은 빌어줄 수 없어요."

망상과 상상의 경계에서 나는 산다

모든 게 다 내 안에 있다.

당신에게는 이제 내 자리를 대신하는 사람이 있으니,

당신에 대한 걱정도, 기쁨도, 슬픔도

내 안에서만 존재할 뿐이다.

망상과 상상의 경계에서 내 마음은 산다.

헤어짐의 순간, 당신에 대한 기대도 놓아 버렸어야 했다.

혹여나 돌아올까 하는 기대가 마음에 둑을 쌓았다.

슬픔은 흘러 나가지 못했고 망각은 들어올 자리가 없다.

그리고 나는 아직도 기대를 놓을 용기가 없다.

그러니

작은 구멍이나 하나 뚫어줄 터이니

차고 넘쳐 알아서 부수고 가라.

그렇게 다, 쏟아져 내려가라.

비겁해

"우리는 사랑에 대한 상처를 너무 미화해. 여느 상처처럼
아프고, 쓰리고, 회복하는 데에 시간이 걸리는데. 유독 사랑
의 상처만 아름답다고 해. 비겁하게."

돌아올 사람이면 벌써 돌아왔겠지요

"그 사람이 매력적이거나 누가 봐도 멋진 거, 그거 다 네 생각이야. 네 소식을 묻는다고 너를 그리워하고 있다 착각하지 마. 그냥 사람이니까, 호기심에 물어보는 거야. 애절한 사랑도, 애절한 사람도 아니었어. 다 네 생각과 마음이 만들어 낸 거야. 그러니까 벗어나. 네 삶에 충실해. 독하게 말할 거야. 너 독해지라고. 나는 네 편이고 네 친구니까. 나는 사랑하는 내 친구가 생각에 갇혀 아파하는 거 보기 힘들어. 돌아올 사람이면 벌써 돌아왔겠지. 그 사람 마음은 그 사람만 아는 거니 우리 이제 그만 잊자."

사랑이 당신에게는 가벼웠나 봅니다

'사랑'이라는 단어가 나에게는 너무 무거워 쉽게 나오지 않았었습니다. 그래서 사랑한다는 당신의 말에 "나도 그래." 답하지 못했습니다. 나에게 사랑은, 좋아하는 감정뿐 아니라 희생, 노력, 헌신을 모두 다 담고 있는 말입니다. 그래서 나에겐 유독 무거웠던 그 사랑이라는 단어가 쉽게 입 밖으로 나오지 않았나 봅니다.

얼마나 마음이 크면 나에게 이렇게 묵직한 말을 거리낌 없이 뱉을 수 있는지 감동했었습니다. 그리고 그 마음에 대한 답을 쉽게 주지 못하는 내가 원망스러웠습니다. 그렇다고 당신을 사랑하지 않았던 건 아닙니다. 다만 제가 당신을 사랑해도 되는 자격이 있는지 확신이 들지 않았던 것뿐입니다.

사랑한다는 말을 쉽게 뱉던 당신은 이별의 말도 쉽게 뱉었습니다. 그때서야 알았습니다. 당신에게는 사랑이라는 말이, 그다지 무겁지 않은 말이라는 것을 말입니다. 따라서 그 사랑을 끝내는 이별의 말도 가벼이 내뱉을 수 있었다는 것을 말입니다.

사랑한다는 말이, 당신에게는 참 가벼웠나 봅니다.

"사랑한다." 쉽게 말하지 않는 사람을 만나렵니다. 사랑이 무거운 사람을 만나렵니다.

견딜 만해

나의 태양은 고민이 많나 봐.
계속 뜰까 말까 뜰까 말까 해.

아침은 쉬이 오지 않지만
그래도 괜찮아. 견딜 만해.
나 새벽 좋아하잖아.

그러니 너무 밝으려 노력하지 않으려고.
그냥 당분간 이렇게 있어도 괜찮아.
우울해도 괜찮아.

어차피 아침은, 꼭 오니까. 견딜 만해.

그리움으로 내뱉는 거야

하나, 둘, 셋.
들숨에 기억을 들이쉬고
하나, 둘, 셋.
날숨에 그리움으로 내뱉는 거야.

괜찮아. 괜찮아.
숨으로 흘려보내면
눈물도 멈출 거야.
뛰는 가슴도 진정될 거야.
괜찮아. 괜찮아질 거야.

엄마에게

엄마. 못난 딸이어서 미안해.

얼굴 보고 얘기하면 울 거잖아. 그래서 그냥 여기에 써.

새로운 사랑에 기뻐하지 못하고

지나간 사랑에 슬퍼해서 미안해.

멍한 표정으로 창밖만 바라봐서 미안해.

가끔 방문 닫고 울어서 미안해.

그거 다 알면서도 모르는 척해 줘서 고마워.

얼마 전에는 TV에 나오는 아기들 보면서

예쁘다며 행복한 웃음을 짓더라.

내가 결혼을 하고 아이를 낳았다면

누구보다 예뻐해 주고 챙겨 주었을 텐데,

엄마 딸이 당장은 다른 모든 것들보다

나 자신을 챙기는 게 우선이어서 미안해.

나, 조금만 더 기다려 주라.

이기적이지만 자식은 그래도 된다는 핑계 한 번 더 쓰자.

조금만 더 아파하고 조금만 더 곱씹다가 흘려보낼게.

좋은 사람이 나타나면 엄마한테 제일 먼저 얘기할게.

그래도 엄마 딸, 사랑 앞에서만 젬병이지 못나지 않았어.

누구보다 열심히 살아가고 있는 거,

옆에 있는 엄마가 제일 잘 알지?

나, 새로운 책이 나올 것 같아.

그럼 또 자랑해줘. 잘 키워준 엄마 덕이니까.

엄마, 미안해.

분명 고마운 마음이 더 큰데

자꾸 미안하다는 소리가 먼저 나와.

미안해. 미안해.

그리고 세상 누구보다 제일 사랑해.

2021년 초여름.

못난 딸이.

미안해요

나를 매력적이라고 말하는
당신이 아닌 다른 사람을 만났어요.

어떠한 대답을 해 줘야 하는데,
자꾸만 당신의 얼굴이 그 사람에게 겹쳐 보여서
나는 침묵으로 일관하다 "미안해."라고 말했네요.

어디서부터 어떻게 무엇이 잘못된 걸까요.
나는 얼마나 많은 사람에게 더 많이 미안해야 할까요.

다 거짓말이네요

시간은 많은 걸 지워준다면서요? 그거 거짓말이더라고요.

불안정한 사랑은 하지 않았으면 해

"그 사람의 이번 사랑이 끝났다고 해서, 너에게 돌아올 거라 착각하지는 마. 너와의 헤어짐도 지금의 헤어짐도 굳은 결심에 의한 선택이야. 만약 다시 돌아오더라도 받아 주지마. 신중한 결정을 번복하는 사람을 믿고 사랑을 한다는 건 너무 불안정한 일이잖아."

결국에는 나도 뻔하네

뻔한 여자 되기 싫어서 뻔한 질문 안 했는데,
이미 끝난 거 나도 한번 뻔한 것 좀 물어보자.
나를 사랑하긴 했니?

나는 누구에게도 속하지 않는다

이별 후 몇 개월 동안 나는 감정의 노예가 되어 살았다. 몸만 떨어져 있을 뿐, 나는 여전히 그에게 속해 있었다. 매일 아픔을 곱씹었고 그럴수록 더 깊은 우울감과 상실감에 빠졌다. 아침에는 숨이 가빠 악몽에서 깼고, 저녁에는 두근대는 불안한 가슴에 잠을 이루지 못했다.

구속의 삶을 벗어나는 방법은 사슬이 묶인 기둥을 뽑는 법밖에 없다. 그러나 나는 그럴 기운이 남아 있지 않았다. 자유를 갈망할 의지가 없었다. 지쳤고, 점점 더 지쳐갔다.

실은 누군가나 무언가에 속해 있지 않은 삶이 두려웠다. 노예가 아닌 삶이 두려웠다. 내가 속해 있는 곳은 많이 아팠지만 그래도 나에게 익숙한 곳이었다. 해방 후에 찾아올 새로운 삶에는 그가 없지만, 내가 묶여 있는 감정의 골에는 그가 아픔의 형태로라도 남아있었다.

기다리고 또 기다렸다. 기다려도 나의 소유주는 나타나지 않았다. 그때서야 알았다. 나는 누구에게도 소속되지 않은 자유로운 영혼임을. 나는 누군가가 소유할 수 있는 물건이 아님을. 내가 감정의 노예가 되었던 건 나의 선택이었음을. 사슬은 내가 묶은 것임을. 용기를 낸다면 언제든 아픔에서 벗어날 수 있었음을.

당당히 요구하세요

그가 먼저 식사를 끝마치고 자리에서 일어나 빨리 먹으라고 재촉하는 게 싫었어요. 식사를 함께하는 사람의 속도에 맞춰 주지 않는 그의 태도가 싫었어요. 제 상식선에서는 이해할 수 없는 행동이었어요. 설교를 늘어놓고 싶은 건 아니에요. 예의에 어긋나는 행동이라 말할 자격이, 저한테는 없지요. 예의범절의 선은 사람마다 다르니까요. 어떤 사람에겐 그게 용납되는 행동일 수도 있으니까요.

그렇지만 내가 싫어하는 행동을 나를 사랑한다는 연인이 했을 때 그걸 바꾸거나 바꾸려 노력하지 않는다면 그 관계는 전망이 그리 밝지 않다고 생각해요. 그래요. 사람의 본질은 쉽게 변하지 않는다고들 하지요. 그러나 작은 행동들은 노력하면 바꿀 수 있어요. 몇십 년씩 담배를 끊지 못했던 골초들도 금연에 성공하는 사례를 우리는 많이 보잖아요.

그러니 당당히 요구하세요. 자신이 싫어하는 행동을 상대가 지속한다면 변해 달라 말하세요. 예의범절이나 상식의 문제만은 아니라고 말하세요. 내가 싫기 때문에 당신이 노력해 주어야 한다고 그렇게 말하세요.

저는 "뭐 어떠냐."는 상대의 말에 주눅이 들어 그렇게 당당하게 요구하지 못했거든요. 내가 싫어하는 행동에 대해 조금 더 당당히 이야기했다면, 내가 밥을 다 먹을 때까지 기다려 주지 못하는 그와 내가 맞지 않는 짝이라는 걸 조금 더 빨리 깨달았을 것 같아요.

반복되는 실수는 '선택'의 변명일 뿐입니다

사람은 누구나 실수를 합니다. 연인 관계에서도 마찬가지입니다. 내 감정에 휘둘려 마음에 없는 말을 내뱉기도 하고, 내 사랑이 너무 커 해야 하는 말을 못 하기도 합니다.

괜찮습니다. 실수는 말 그대로 실수일 뿐이니까요. 자신이 한 실수에 대해 인정하고 책임을 진다면, 그렇다면 괜찮습니다. 반성하는 연인의 마음에 돌을 던질 만큼 매정한 사랑은 없습니다.

그러나 같은 실수가 반복되고, 그 실수에 대한 책임을 회피한다면 이야기는 달라집니다. 실수에 등을 돌리는 순간, 그건 실수가 아닌 '선택'이 되어버립니다. 명백히 상대에게 상처 주는 일을 실수로 포장하는 것밖에 되어 버리지 않습니다.

그러니 실수를 반복하지 않았으면 좋겠습니다. 실수를 인정하고, 받아들이고, 반성하기를 바랍니다. 사랑하는 사람에게 상처 주기로 '선택'하는 일이 없도록 말입니다.

분명 알 텐데

"상처는 항상 받은 사람만 알고 준 사람은 모른대. 근데 그거 변명 같아. 자세히 들여다보고 곰곰이 생각해보면 분명 알 텐데."

그냥 웃었습니다

관계의 마지막이 절망적으로 느껴질 때는 그냥 웃어. 마지막이라도 예쁘게 기억되게.

우연은 아니었습니다

우연이라 변명할 생각 마세요.
나를 사랑한 것도
나와 이별한 것도
다른 사람을 찾아 떠난 것도

내가 그날 당신의 품에 안겨
당신을 사랑하기로 했듯
모든 것이 선택의 결과이니.
그러니, 우리 '우연'이라는 단어는
쓰지 않기로 해요.

이루어지지 않은 사랑에
'우연'이라는 단어를 쓰기에는
너무 낭만적이잖아요.

진실된 감정은 쉽게 거짓으로 포장되지 않습니다

사랑은 감정입니다. 아프고도 아름다운 마음입니다. 감정
이 목적성을 갖는다는 건 꽤 이상한 일입니다. 우리는 무언
가를 이루기 위해 감정을 수단으로 이용하지 않아야 합니다.
장난감을 사 달라 거짓 울음으로 떼쓰는 아이는 이제 그만
보내 주어야 합니다. 진실된 감정은 쉽게 거짓으로 포장되지
않습니다. 누군가를 속이지 않습니다. 상처 주지 않습니다.

당신은 목적을 가지고 사랑했던 사람인지 묻고 싶습니다.
나와 함께 하면 삶이 안정적으로 변할 것 같다는 당신의 말
은 결국 관계를 이루기 위해 감정을 수단으로 이용한 건 아니
었는지 듣고 싶습니다. 안정감이나 행복은 사랑하면 자연스
레 따라오는 부수적인 선물임에도 불구하고 당신은 그 선물
들을 과정이 아닌 결과라 생각했던 걸지도 모르겠습니다.

그래서 진심이 결여되어 보였던 걸 수도 있겠습니다. 그래
서 불안감에 쉽게 당신의 손을 놓아 버린 걸지도 모르겠습니

다. 사랑은, 사랑 자체가 목적일 때에 더 견고하다는 것을 이제는 알게 되었는지 궁금합니다.

가을이 왔네요

바람은 선선하고 가을은 왔다.
바스락거리는 죽은 영혼들의 소리가 들릴 때도 되었는데,
올해의 나뭇잎은 아직 푸르르고
그대를 향한 나의 마음도 아직 빳빳하고 파랗다.
낙엽이라 생각되어 자칫 짓눌리면 퍼런 진물을 흘리겠다.

상처에서 흘러나오는 진득한 물이
생생한 마음의 증거라면
짓눌려 내 퍼런 피가 새어 나와도
그래도 나쁘지 않겠다.

내 이기심에 그런 거예요

"착해. 어떻게 그렇게 큰 상처 준 사람이 행복하기를 바랄 수 있어?"

"착한 거 아니에요, 언니. 그 사람이 행복하지 않거나 잘 되지 못해 사회에서 인정받지 못하면, 그러면, 저는 별로인 남자 만났던 여자가 되잖아요. 그게 싫어요. 그래서 그래요. 그래서 제발 잘 돼라. 행복해라. 그렇게 기도해요. 나 위해서요."

나도 선택이란 걸 했었다

가슴에 든 보랏빛 피멍이 점점 노란빛을 띠어 갈 때쯤, 내가 그를 붙잡지 않은 이유가 생각났다. 이별의 아픔에 취해 잠시 망각하고 있었지만 나도 선택이란 걸 했었다.

그는 애주가였다. 특별히 주사가 있지는 않았다. 깔끔하게 마시고 멀쩡한 모습으로 집에 돌아갔다. 대부분의 술자리에는 나를 데려갔으니 섭섭함도 없었다. 다음날 본인 일에 지장이 가게 과음하는 편도 아니었다.

다만 그는 술을 먹기 시작하는 순간부터 기억의 반 이상을 잃었다. 다음날에 나는 그가 무슨 말을 했는지, 어떤 행동을 했는지, 누구와 무슨 이야기가 오고 갔는지를 보고해야 했다. 기억이 나는 척 "아 맞다, 그랬지." 대답했지만 나는 그 대답이 거짓임을 알고 있었다.

어느 날은 그의 직장 동료들과 저녁 식사를 함께했다. 역시나 반주는 빠지지 않았고 나는 여느 때처럼 술 대신 탄산

음료를 마셨다. 술이 한두 잔 들어가고 그는 나에게 점점 등을 돌렸다. 일 얘기에 바빴다. 나와 마주 앉아 있던 그의 직장 동료는 나를 안쓰러운 눈으로 쳐다봤다.

'나 여기서 뭐하고 있지?'

혼란스러웠다. 저 건너편에 불타기를 대기하고 있는 숯들과 나의 존재가 다를 바가 없었다. 나의 짝과 그 동료들이 업무에 관해 이야기를 하는 동안, 나는 그저 사람의 형태를 갖춘 사물에 불과했다. 그렇다고 일 얘기를 그만하라고 할 수는 없는 노릇이었다. 어떻게든 내 존재를 상기시키고 싶어 그의 등을 쓰다듬고 있을 때 그에게서 그만하라는 소리가 나왔다. 그리고는 내 일에 대해 조금은 뼈 아픈 이야기를 시작했다.

다 맞는 말이었다. '강해져라. 독해져라. 착해 빠져서 어디에 쓰냐. 남 신경 쓰지 말고 너부터 챙겨라. 그러니까 더디지 않냐.' 뭐 이런 말들이었던 것 같다. 다만 식당은 이미 취기가 올라온 사람들로 시끄러웠고, 그 소리를 이기려 그의 목소리는 높아졌다. 그 순간, 그가 내뱉는 말의 내용은 중요하지 않았다. 분명 나를 위해 해주는 조언이었겠지만, 낯선 그의 동료들 사이에서 큰 소리로 받는 꾸지람이 내게는 폭언으로밖에 느껴지지 않았다. 수치스러웠다.

이 또한 내일이 되면 그에게는 없던 일이 될 터였다. 그는 그가 내뱉은 말들을 기억하지 못하리라. 오늘은 그에게 존재하지 않는 날이 되고, 내일 있을 나의 섭섭함의 표현은 이유 없는 징징거림이 될 게 뻔했다. 나는 침묵했고, 원고를 마감해야 한다는 핑계로 자리를 떴다. 멍했다. 혼란스러웠다. 이제는 뭐가 현실인지 나조차 헷갈렸다. 내가 그를 붙잡지 않은 이유였다.

그와의 데이트 중 절반에 술이 빠지지 않았으니 그가 얼만큼의 추억을 기억하는지도 확실치 않다. 아마도 그는 망각 속에서 나를 사랑한다고 착각했던 걸지도 모르겠다. 내가 사랑의 순간들을 자주 잊어버리는 남자를 짝사랑이 아니라고 믿으며 관계를 지속하려 애썼던 것처럼.

우리는 더 이상 어리지 않으니까요

"그래. 스무 살에는 그럴 수 있다고 쳐. 모르니까. 어리니까. 근데 서른이 넘고 성인이 된 지 십 년이 넘었는데도 자기가 원하는 게 무엇인지 정확히 모르면 그건 안 되는 거야. 무지했다고 변명하고 넘어갈 수 없는 거야. 서른이 넘으면, 자기 자신에 대해 모르는 것도 죄야. 그러니까 너를 놓친 걸 후회한다는 그 사람의 말, 그거 나쁜 말이야."

고맙습니다

입맛이 없어 간단한 요기로 샌드위치를 시켰습니다. 읽고 있던 이별 애기 가득한 소설을 펴 놓고 한 입 베어 물고 있는데, 문득 당신과는 샌드위치를 먹어 본 적이 없다는 사실이 떠올랐습니다.

그러고 보니 제가 너무 많은 걸 당신에게 맞췄던 것 같습니다. 때로는 당신을 실망시킬까 입맛에 맞지 않는 음식을 삼키기도 했고, 가고 싶지 않은 곳에 미소를 띠며 동행하기도 했습니다. 맞춰 간다고 생각했던 많은 것들이 일방적인 희생이었을지도 모른다는 생각이 들어 씁쓸합니다.

물론 알고 있습니다. 당신도 당신의 최선을 다했다는 것을. 다만 그 최선이 저와는 결이 달랐던 것이겠지요. 슬프지만, 우리는 맞지 않는 퍼즐이었을지도 모르겠습니다.

당신 이전의 나는 뭘 좋아했는지, 어떤 삶의 지향점을 가지고 있었는지 다시금 돌아보려 합니다. 당신에게 맞추느라 외면했던 내 모습을 조금씩 찾아올 생각입니다.

당신도 당신의 모습을 잃는 일은 없었으면 좋겠습니다. 잃어버린 무언가를 찾아오는 건 큰 노력을 요하는 일임을 배웠습니다. 그 아픈 가르침이 당신에게는 가지 않았으면 좋겠습니다.

나를 떠나 줘서 고맙다고 말하고 싶지는 않습니다. 내가 진정 원하는 삶이 무엇인지 깨닫게 해 줘서 고맙습니다. 이렇게 표현하는 게 조금 덜 아플 것 같습니다.

나와 헤어지길 잘했어요

"이것도 못 이겨내면 너 어떻게 성공할래?"

이별 후, 처음 얼굴을 마주했을 때 조금씩 붉어지는 내 콧방울을 보며 당신은 그렇게 말했습니다. 감정을 억누르려 손톱으로 짓누르던 내 손바닥에는 멍이 올라왔습니다.

그렇게, 멍이 가시는 일 년을 견디고 있습니다. 생각보다는, 꽤 잘 살고 있습니다. 잘 자고, 잘 먹고, 일하고, 하루를 꽉꽉 채워 살고 있습니다. 그런 나의 노력이 무색하게도 당신의 생각은 종종 나의 밤을 채웁니다. 사랑의 상처를 쉽게 이겨낼 만한 그릇이, 나는 못 되나 봅니다.

당신이 말한 성공이 무엇인지에 대해 종종 생각하고는 합니다. 어쨌든, 나는 다시 책을 냅니다. 당신은 주로 정답을 말하는 사람인데, 이번에는 틀린 것 같습니다. 나는 약한 사람이지만 내가 약한 사람이라는 걸 당당히 얘기할 수 있을 정도로 강한 사람이기도 합니다. 그러고 보면 당신, 나에 대해 잘 몰랐던 것 같습니다.

어쩌면 당신이 사랑했던 사람은 연약하고 착하기만 했던, 우리가 처음 알게 되었을 무렵 어리고 여린 나였나 봅니다. 그래서 우리의 사랑은 뜨거웠지만 결국 진실하지 못한 끝맺음을 맺었나 봅니다. 당신, 나와 헤어지길 잘했습니다. 나는 당신의 생각과는 다르게 내 욕망을 이루기 위해 우리의 사랑을 소재로 삼는, 어쩌면 그다지 착하지 못한 어른이 되었습니다.

행복했으면 좋겠습니다

오늘은 당신이
진심으로 행복했으면 좋겠다는 생각을 했습니다.
내 옆에서가 아니더라도
어디에 있어도
어떤 이와 함께하더라도
행복했으면 좋겠습니다.

당신을 잊은 건 아닙니다.
마침내 진실로 사랑하게 된 것 같습니다.

사랑의 몫

당신이 올린 게시물에 습관적으로 '좋아요'를 누르려다 멈칫했습니다. 잠이 덜 깨, 우리가 남이라는 걸 잠시 잊은 모양입니다. 하마터면 실례할 뻔했습니다.

당신이 지금 하고 있는 사랑을 흔들어 놓고 싶지 않습니다. 아직도 나의 소식이 궁금하다는 당신에게, 나는 사랑의 몫을 가르쳐 주고 싶습니다. 나에게는 보여 주지 못한 책임감 말입니다. 한 사람에게 충실한 마음 말입니다.

부디, 이번에는 빚지는 사랑을 하지 마시길 바랍니다. 나는 당신의 모든 흔적을 지우며 내 사랑의 몫을 다합니다.

IV

사랑이라고,

여전히 사랑이라고

까치는 밟지 말아요

칠월 칠석입니다. 견우와 직녀가 일 년에 한 번 만난다는 애틋한 날이 올해도 찾아왔습니다. 까치와 까마귀들이 보이지 않는 걸 보니, 다리를 만들어 주러 날아갔나 봅니다. 비가 내립니다. 기쁨의 눈물이겠습니다. 올해도 재회에 성공했나 봅니다.

힘든 사랑을, 둘은 올해도 이어갑니다. 일 년에 한 번만 볼 수 있는 잔인함을 견디어 낸 보상으로 하루가 주어집니다. 까만 새들이, 몸뚱아리를 기꺼이 희생해 다리를 만들어 주는 건, 그 사랑이 너무나 애틋하고 안쓰러워서일 겁니다.

너무 애틋한 사랑은 하지 맙시다. 까치는 밟지 맙시다. 조금 덜 애틋하고 조금 덜 감성적이더라도 우리 마음 편한 사랑을 합시다. 노래 가사처럼, 너무 아픈 사랑은 사랑이 아니었다고, 그렇게 되뇝니다.

집으로 돌아왔다

그는 나를 환상으로 이끌었다. 관계 속에서도, 관계가 끝난 후에도 그랬다. 그는, 눈에 보이지 않는 것도 믿게 했다. 그가 나를 흔들면 내 상상과 망상의 경계는 모호해지고, 그러면 나는 그가 아직도 나를 사랑한다는 착각에 빠지곤 했다.

헤어지고 난 후, 마주친 내 친구에게 그는 더 이상 연애를 하고 싶지도, 결혼을 하고 싶지도 않다고 말했다. 나는 그의 말이 나를 향한 것이라고 생각했다. 그만큼 사랑했다고, 여전히 사랑한다고, 그러니 돌아오라고, 혹은 네가 나의 전부였고, 그런 뜻이라 생각했다.

몇 년간의 우정과 몇 개월의 사랑은 내가 그를 잘 안다고 착각하게 했다. 관계가 끝난 후에도 나는 그를 잘 안다는 착각 속에 살았다. 종종 들려오는 내 삶에 대한 사소한 걱정을 나를 향한 사랑이며 미련이라 생각했다. 그저 나를 응원하는 마음이었을 수도 있는데 나에겐 여전히 사랑이었다.

많이 괴로운 만큼 달콤했다. 그가 이끈 환상의 세계는 그랬다. 그래서 나는 그곳에 오래 머물기로 했다. 그게 나를 갉아먹는 일임을 알면서도 나는 내 망상에, 그가 만든 세계에 나를 가두었다.

그러다 어느 날, 봄의 끝에서 어딘가에 숨겨 놓았던 나의 작은 모습이 소리쳤다.

"이만큼 놀았으니 이제 가야지. 그래도 돼. 용기 내야 해. 그가 만든 세상이 너의 전부는 아니야. 집으로 돌아가자. 조금은 외롭고 무섭겠지만 그래야 해. 괜찮아. 할 수 있어."

라고. 그렇게 나는 내 세상으로 돌아왔다. 그가 없는, 공허한, 나와 종이와 내 글만 남아있는 내 세상으로.

폭풍은 오지 않겠다

폭풍 전 바다가 제일 고요하다던데
다행이다.
나의 바다는
암초에 부딪히는 파도 소리가
귀를 먹게 하니
당분간 폭풍은 오지 않겠다.

이별은 선물일까

나의 모든 것에 자책했다. 이별의 이유를 나에게서 찾았다. 내가 아팠기 때문에, 규칙적인 수입이 없기 때문에, 남들보다 큰 키 때문에, 큰 발 때문에, 짧은 머리 때문에, 낮은 코 때문에, 일에 대한 욕심 때문에, 나를 떠난 것 같았다.

당신이 나를 사랑하지 않겠다고 결정한 순간 나도 나를 사랑하지 않게 됐다. 생각이 깊어질수록 자존감은 찢겨 공기 중에 흩어졌다.

시간이 꽤 지나고 나 자신의 모든 것에 견딜 수 없을 때, 나는 잠시 숨 쉬는 것을 멈추고 싶었다. 그러나 삶의 끝에서도 당신은 나를 배웅해 주지 않을 것 같았다. 그래서 그냥 숨쉬기로 했다. 살기로 했다.

찢겨 날아간 자존감은 아직도 잘 보이지 않는다. 길거리에 떨어져 있는 동전처럼 행운이 따르는 날에만 눈에 보여 그 작은 조각을 집을 수 있다. 그래도 눈에 보이면 집기로 했다. 기

왕 숨 쉬는 거 편하게 쉬어 보고 싶어 잃어버린 자존감을 찾
아 헤맨다. 이별은 다시금 나에게 새로운 여정을 선물했다.

행복을 기대하며 많은 사랑을 마주하길 바라

행복은 사람들이 만들어 놓은 거짓일 뿐인가 봐. 실체도 없고 형체도 없어. 사람들은 쾌락과 성취감의 연속성을 행복이라 착각을 해. 나는 더 이상 착각하고 싶지 않아. 속고 싶지 않아. 없는 걸 믿고 싶지도 않고 헛된 기대를 하고 싶지도 않아. 그래서 당분간은 안 할래, 그 행복.

그래도 당신은 행복하지 않아도 괜찮다는 걸 빨리 배우지 않았으면 해. 희망이 없어도 살아진다는 걸 조금 늦게 알았으면 해. 행복을 믿고 매일 나에게 행복하라고 그렇게 말해 줬으면 해. 사랑에 기대를 하고 마음껏 사랑하길 바라. 나처럼 마음이 구겨져서 나아가지 못할 때가 오기 전에, 그 전에 많이 행복을 기대하고 사랑을 마주하길 바라.

그럼에도 사랑은 나를 웃게 한다

어떠한 변명을 붙여도 헤어짐의 이유는 사랑이 식었기 때문이며, 어차피 진실을 말하지 않을 사람에게 질문을 던지는 건 우둔한 선택이다. 약속을 지키지 않는 사랑은 책임감의 결여, 그 이상도 그 이하도 아니다.

그럼에도, 사랑은 나를 웃게 한다. 그럼에도, 나는 당신이 보고 싶다.

삶은 곧 사랑이다

체호프Antone Chekhov는 말했다.
'인생은 답이 없는 질문이다.'

쇼팽Frédéric Chopin은 말했다.
'인생은 의미를 찾는 것이 아닌 욕망일 뿐이다.'

나는 생각했다.
그렇다면 삶은 결국
사랑으로 태어나
사랑으로 살아가나
정답이 없는 그 감정과 함께
마무리되는 것이 아닐까, 하고.

사랑은 이타적일 때 아름답습니다

서로에게 원하는 걸 당장 해 줄 수 없으면서도 관계를 놓지 못하는 때가 있습니다. '정'이라는 말로 예쁘게 표현하지만, 그저 결단력의 부족이겠습니다.

미련은 어쩌면 성취에 대한 중독, 혹은 소유욕에 비틀린 이면이 아닐까 합니다. 놓친 건 놓아야 하는데, 이성은 잃음을 받아들이기를 거부합니다. 사랑 앞에서, 감정은 언제나 이성을 이깁니다.

오랫동안 당신을 놓지 못한 것은 못된 내 아집 때문이었습니다. 나는 당신이 그토록 원하던 당장의 안정감을 줄 수 있는 사람이 아니었음에도 당신을 붙들려 했습니다.

얼마나 이기적이었는지 모르겠습니다. 제 모습을 회상하면 부끄러움에 절로 고개가 숙어집니다. 사랑은 이타적일 때 아름답습니다. 미련은 이기심 그 이상 그 이하도 아니겠습니다.

행복을 소중히 다루는 사람을 만나세요

헤어지자는 말을 무기로 삼는 사람은 만나지 마세요.

끝맺음의 말이 주는 상처가 얼마나 큰지 이해하지 못하는

사람을 만나지 마세요.

마지막 말의 상처를 헤아리지 못하는 사람은

같이 누리는 행복도 깊게 느끼지 못하더라고요.

당신을 용서할 수 없습니다

　'용서한다'라는 말은 참 무서운 말입니다. 상대를 품어 주겠다는 뜻도 되겠으나 상대의 잘못을 우위에서 판단하고 내 마음이 가는 대로 정의하겠다는 뜻도 되겠습니다.

　물론 '용서'는 고귀한 것입니다. 나에게 받아들여지지 않는 것을 받아들이겠다는 자기희생의 일부입니다. 동시에 '용서'는 오만함을 담고 있습니다. 내가 상대를 평가할 수 있다고 생각하는 오만함. 내가 상대보다 낫다는 오만함. 내가 상대보다 나은 선택을 한다는 오만함 말입니다.

　우리는 잘못을 하지 않으려 부단히 노력해야 합니다. 그러나 동시에 쉽게 상대의 잘못을 평가하고 용서하기로 하지 않아야 합니다. 고귀한 것은 고귀하게 다뤄져야 합니다. 용서도 마찬가지입니다. 낭비되면 그 가치가 떨어지기 마련입니다.

　그래서 저는 당신을 용서하지 않습니다. 당신이 준 상처 때문만은 아닙니다. 내가 당신을 용서할 만큼 티끌의 잘못이 없는 삶을 살았는지 확신이 서지 않기 때문입니다. 당신이 잘못했다, 잘했다 판단할 자격이 저에게 있는지 의문이 들기 때문입니다. 그렇기에 용서할 수 없습니다. 그저 흘려보내렵니다.

미안했습니다

열심히 살았습니다. 하루하루를 노력으로 채우고 잠을 줄여가며 깨어 있는 시간에 할 수 있는 많은 것들을 했습니다. 노력과 결과가 완벽히 비례했다고 말할 수는 없겠습니다. 그러나 노력한 만큼은 아니더라도, 힘쓴 덕에 이런저런 작은 성취를 이뤘다고 생각합니다.

사람의 마음도 그렇다고 생각했습니다. 내가 노력하면, 내가 사랑을 주면 그 사랑에 비례하지는 않지만 그래도 조금의 마음이 돌아올 줄 알았습니다. 그러나 사랑은 그렇지 않았습니다. 내가 사랑한 만큼 상대가 그 노력을, 그 마음을 알아주지 않는 때도 많았습니다.

오만했던 걸지도 모르겠습니다. 내가 노력하면 무엇이든 이루어진다는 착각을 하고 살았던 걸지도 모르겠습니다. 상대의 마음을 노력으로 바꿀 수 있다고 생각했고, 당신이 언젠가는 돌아올 것이라 믿었습니다. 결과 없는 사랑을 지속하기로 한 내 선택이 잘못되었다고는 말할 수 없겠으나 상대의 입장을 존중하지 않은 내 잘못의 책임은 져야 할 것 같습니다.

나의 오만함을 이제는 반성하고 나아가려 합니다. 미안했습니다.

너무나 멋진 사람이어서

"섭섭해."

섭섭하다는 말은 아주 사소하고 옹졸한 내 마음을 전달하는 비겁한 말이었다. 비겁한 말이었지만 티끌 모아 태산이 되듯 쌓이고 나니 무거운 감정의 응집이었다.

섭섭하다는 말은 곧 서운함으로, 서운함은 이내 원망스러운 마음으로 바뀌었다. 사랑하는 당신에 대한 원망은 아니었다. 옹졸한 내 마음이 미웠다. 혹은 그렇게 합리화하고 싶었던 것 같다.

사랑하는 당신은 너무나 멋진 사람이어서 나의 작은 마음이 어울리지 않았기에.

나는 그러지 못할 것 같다

언젠가는 당신을 이해할 수 있을까.
당신 나이쯤 되면
이 사람이 내 사람인지
혹은 사랑인지
쉽게 구분 지을 수 있을까.

나는 그러지 못할 것 같다.
사랑에 서툴고,
사랑 앞에서 유독 약한 나는
그러지는 못할 것 같다.

매정한 당신이 밉고도 부러운 밤이다.

이별에게

가니? 가는구나. 그래. 이번에 남긴 상처는 좀 많이 아팠어. 꽤 오래 있었네. 빨리 좀 가지. 너도 참, 고생이 많다. 언제나 하는 인사로 보낼게. 우리 다시는 보지 말자. 어차피 불쑥 또 찾아오겠지만.

나는 사랑하고 싶다고 말할 자격이 있나

나보다 몇 살 어린 그는 내 눈을 똑바로 바라보며 호감을 표현했다. 적극적이었고, 열정적이었다. 망설임이 없었다. 설레는 마음이 들어야 하는데, '신기하다'라는 생각이 앞섰다.

어느 순간 나는 사랑에 수동적인 사람이 되었다. 서로를 알아가는 단계에서 오는 피로감을 굳이 감당하고 싶지 않았다. 그 마음이 새로운 사랑을 찾고자 하는 욕구보다 컸다. 새로운 사람을 만날 만큼의 열정이 나에게는 사라진 지 오래다.

나는, 사랑할 자격이 있는 걸까. 호감만 느끼고도 저렇게 열정적이고 용기 있는 사람도 있는데. 나는 사랑하고 싶다고 말할 자격이 있나.

머리 한 번 쓰다듬어 주고 좋은 여자 만나라는 상투적인 말로 그를 보냈다. 그리고 생각했다. 사랑하고 싶다는 나의 마음도 어쩌면 그에게 던진 상투적인 말처럼 버릇인지도 모르겠다고.

있잖아

당신의 품은 이렇게 포근하지 않았는데.
따뜻하지 않았는데.
향기가 나지 않았는데.

당신은 부드러웠지만
강렬한 눈빛을 가지고 있었고
내 눈을 부끄럽다는 핑계로 피하지 않았는데.
섬유 유연제 냄새가 났는데.

있잖아, 나는 죄인이 되었다.
내가 원하지는 않았지만
이렇게 되고 싶지는 않았지만
슬프게도
당신의 짙은 기억에
다른 사람에게 상처를 주는 사람이 되었다.

사랑이 무서워

"너는 죽는 게 무섭니? 나는 사는 게 무서워. 하루하루 뼈를 갈며 열심히 사는데, 생활은 나아지지 않고 몸은 계속 힘들어. 그렇게 겨우 생활을 유지해. 연애도 그래. 나는 이별이 무섭지 않아. 슬픔은 지나가. 사랑은, 달라. 끊임없이 노력해야 하고 희생해야 해. 그래도 결국 남는 게 없어. 정해. 사랑을 무서워할지, 이별을 무서워할지. 그러면 쉬워져. 이별 그거, 아무것도 아니야."

그뿐이다

사랑이 무서웠을 뿐이다. 그뿐이다.

당신들을 사랑하지 않은 건 아니에요

나의 아버지는 가부장적이었고 고집이 셌다. 회사도, 집도,
자식들도 모든 것이 자기 마음대로 돌아가야 했다. 따뜻하지
않은 사람은 아니었다. 퇴근하고 나면, 어린 나에게 동전 마
술을 보여주고 같이 TV를 봤다. 나를 참 예뻐해 특별하지 않
은 날에도 선물을 사 줬다.

　그도 그랬다. 나는 항상 그의 기준에 맞추어야 했다. 보상
은 달았다. 그가 원하는 음식을 먹을 때면 내가 먹을 반찬을
하나하나 따로 챙겨 입에 넣어 주었다. 원하는 스타일의 옷
을 입기를 바라면 옷을 사줬다. 나도 모르게 내 앞머리가 눈
을 찌르고 있으면 그는 그 머리카락 한 올을 보고 내 머리를
넘겨주었다.

　아버지는 지나친 골초였다. 그에게서, 아버지의 냄새가 났
다. 그는 나의 아버지를 많이 닮았다. 나는 그게 좋았다. 어
린 시절의 따뜻한 집으로 돌아간 기분이었다. 그는 나를 편

안하게 했다. 불안하던 나를 흔들리지 않게 잡아주었다.

아버지와 그가 유일하게 마음대로 하지 못했던 건 나였다. 나는 아버지가 원하는 길을 가지 않았다. 너무 예쁘지만 말 안 듣는 자식, 그게 나였다. 그에게도 그랬다. 가져야 하는데, 자꾸만 결혼을 망설이는, 그래서 결국 포기하게 되는 그런 존재. 둘에게 나는 평범하고 안정적인 틀에서 끊임없이 벗어나고자 하는 이단아였다.

내가 사랑하는 두 남자에게 말해주고 싶다. 나의 선택은 내가 그대들을 향한 마음과는 별개라고. 그렇다고 내가 당신들을 사랑하지 않은 건 아니라고.

모든 일에는 이유가 있대요

모든 일에는 이유가 있다고 해요.
하필이면 그 많은 사람 중에
우리가 만나 사랑한 것도
서로를 떠난 것도
어떠한 이유가 있어서겠지요.

그걸 알고 있으면서도
끊임없이 사랑에, 이별에 가슴이 저리는 건
그저 우리가 모두
사랑을 사랑하는 사람이라
그런가 봅니다.

그래서 오늘도 기다립니다.
왜 우리여야만 했나 하는 나의 질문이
공허한 메아리가 되어도
혹시나 답이 들릴까 하는 마음에서요.

사랑이었다

사랑했던 사람아, 나는 모든 곳에서 당신을 보았다.
아스팔트 위, 힘겹게 길을 건너는 개미를 보며
당신의 퇴근길을 보았고
침구에 날리는 먼지에서 당신의 포근함을 보았으며
비 내린 후 젖은 땅에서 당신의 슬픔을 보았다.
해는 당신과 내가 행복했던 때처럼 눈이 부셨고,
기운 달은 낮이 밝았던 만큼 그 빛이 아렸다.
모든 곳에 당신이 있었다. 매 순간이 그리움이었다.
사랑이었다. 사랑이었고, 이별이었다.

평안한 밤 보내세요

'그의 하루는 많이 힘들었을까요. 아마도 그랬겠지요. 밤 동안만은 평안하게 해 주세요. 좋은 꿈 꾸고, 푹 자게 해주세요. 너무 깊이 잠들지 않아도 되는 날에는 내가 잠깐 꿈속으로 찾아갈 수 있게 자리를 마련해 주세요.'

더위쯤은 무던히 보낼 수 있습니다

오랫동안 쓰지 않았던 리모컨의 먼지를 털어 냅니다. 벌써, 에어컨을 켜야 하는 더위가 찾아왔습니다. 시간의 빠름을 반가워해야 하는지 미워해야 하는지 모르겠습니다. 당신과 가장 아름답게 사랑했던 여름이 옵니다.

오늘의 날씨만큼 우리의 사랑은 뜨거웠는지 기억이 나지 않습니다. 분명 당신을 사랑했고, 분명 아직도 마음이 무거운데, 사랑했던 기억은 뜨거웠던 만큼 빨리 증발해 버렸나 봅니다. 기억나지 않습니다. 느껴지지 않습니다.

뜨거운 태양 아래 나와 함께 했던 날들이 기억난다면, 우리가 얼마만큼 사랑했었는지, 어떤 사랑을 했었는지 이야기해 주었으면 합니다. 나는 뜨거운 마음을 가지고 있었던 사람인지 확인하고 싶습니다. 그래야 무덤덤할 올해의 여름날들도 무던히 보낼 수 있을 것 같습니다.

이별은 새로운 시작이기도 하겠지요

고통은 인간을 보호하기 위해 만들어진 방어 체계라 합니다. 고통을 느끼지 못하면 그만큼 많은 위험에 노출되기에 발달된 감각이랍니다.

이별의 아픔 또한 일종의 방어 체계가 아닐까 생각합니다. 다음 관계에 조금 더 성숙하게 임할 수 있는 진화의 과정 같은, 마음을 단단하게 만드는 그런 방어 체계 말입니다. 불이 뜨겁다는 건 만져 봐야 아는 것처럼, 어떤 상대가 나와 맞는지는 여러 이별을 경험해 봐야 아는 것이겠습니다.

타로 카드에서의 '죽음'은 '끝'을 의미하기도 하지만 '새로운 시작'을 의미하기도 한답니다. 어쩌면 이별은 끝이 아닌 새로운 시작을 향한 성숙한 발걸음이겠습니다.

두 팔 벌려 반길 수 있도록

엄마는 말했다. 경제적으로 자립해야 한다고. 그래야 원할 때 원하지 않는 상황에서 빠져나올 수 있다고. 안타깝지만 세상에서 여자로, 엄마로 사는 건 그런 것이라고. 그러니 무슨 일이 있어도 일을 그만두지 말라고. 엄마의 말이 무얼 의미하는지, 잘 몰랐었다.

그와 헤어지고 시간이 꽤 많이 흐른 뒤에야 깨달았다. 내가 나를 존중해 주지 않는 사람을 당당하게 떠날 수 있었던 건 그에게 금전적으로 의지하지 않고 있었기 때문임을. 혼자 살아갈 만큼의 벌이가 있기 때문임을. 그에게 신세 지지 않았기 때문임을.

그래서 나는 오늘도 글을 쓴다. 일을 한다. 탈출구를 만드는 셈이다. 원할 때, 원하지 않는 상황에서 빠져나올 수 있도록. 내가 진정 원하는 삶을 살아갈 수 있도록. 그래서, 다시금 사랑이 찾아왔을 때 두려워하지 않고 두 팔 벌려 반길 수 있도록.

망상가는 되고 싶지 않다

데카르트René Descartes는 말했다. "나는 생각한다. 고로 존재한다."라고. 그의 말이 이토록 오랫동안 회자되는 데에는 현시대에도 많은 사람들의 공감을 산다는 뜻이겠다. '생각'은 사람을 발전시킨다고 믿었다. 나를 앞으로 나아가게 하는 동력이기도 했다.

그랬던 '생각'이 발등을 찍었다. 뇌에 좀이 먹은 것 같았다. 사실은 분명했다. '서로의 사랑이 거기까지였고, 관계가 끝났다.' 그러나 이 사실을 받아들이기 싫었던 나의 머리는 자꾸만 이별에 여러 가지 의미를 부여하고 원인을 찾으려 했다. 현실과는 동떨어진 생각을 끊임없이 생산해 냈다.

이별 앞에서, '생각'은 나를 죽였다. 아주 천천히 나를 갉아먹는 모습이 그렇게 잔인할 수 없었다. 생에 처음으로 생각이라는 걸 하지 않아보기로 했다. 적어도 이별 앞에서는 그렇

게 하기로 했다. 나는 생각하는 사람이 되고 싶지, 망상가가
되고 싶지는 않다.

사랑을 몰랐습니다

내가 사랑하는 것들이 떠나가는 걸 배웅하느라
정작 나를 사랑하는 모두를 사랑하지 못했다.

아픔은 배움을 남긴다고 했던가.
나는, 얼마나 무지했었나.

관계의 기반은 존중이어야 합니다

우리는 사랑하는 사람의 보호자이자 동반자입니다. 그러나 그 사람의 비서나 보모는 아닙니다. 사랑한다고 해서 상대의 모든 뒤치다꺼리를 다 해줄 순 없습니다. 슬프지만, 우리는 나 한 사람의 삶을 책임지는 것도 버거운 세상을 살고 있습니다.

상대가 나에게 모든 걸 맡기는 건 그만큼 믿음이 있다는 뜻이기도 하지만 자립심이 부족하다는 뜻도 되겠습니다. 물론 조언이나 도움을 구한다면 기꺼이 제공해 줄 수 있겠습니다. 그렇지만 서로에게 지나치게 의존적이어서는 안 되겠습니다. 그것이 '함께 살아간다'는 말의 본질이겠습니다.

서로가 서로의 동반자가 되는 것과 한 사람이 상대를 위해 삶을 포기하는 건 분명 다른 겁니다. 관계 속에서 한쪽의 일방적인 희생은 강요해서도, 강요당해서도 안 됩니다. 존중이 기반이 되는 관계 속에 있기를 바랍니다.

종이에 집착하지 마세요

약속은 어떠한 형태로든 지켜져야 합니다. 말로 한 약속도 마찬가지입니다. 믿음을 기반으로 한 관계는 종이와 펜이 필요하지 않습니다.

'커플 서약서'라는 게 있답니다. 서로에게 원하지 않는 행동이나 원하는 바를 적어 놓은, 사랑을 맹세하는 그런 문서라합니다. 서로의 니즈needs를 확인해 보고 연인에게 맞춰 가려는 마음이겠습니다만, 왠지 종이가 증명해 주어야만 서로간의 믿음이 굳건해지는 것 같아 씁쓸합니다.

관계를 문서화한다 해서, 그 관계가 더 단단해지는 것은 아닙니다. 나열된 글자들은 서로를 구속할 수 없습니다. 우리는모두 하나의 인격체입니다. 서로에게 종속되는 소유물이 아닙니다. 종이 한 장이 상대의 사랑을 확인시켜 주거나, 상대가 다른 이성에게 도망가지 못하도록 하는 덫이 되면 안 되겠습니다.

관계의 기반은 믿음이 되어야 합니다. 확신이 없는 관계는
빨리 접는 게 상대를 위한 배려가 아닐까 생각합니다.

희망이라도 좀 주지

언제쯤
나는 이 고독함과 작별할까.

안녕을 고하고 싶지 않은 것들에만 안녕을 고하고
정작 떠나가고 싶은 것들에게서는 떠날 수가 없어.

누가 그러더라.
세상은, 원래 이런 거라고.

기운이 없다. 힘이 쭉 빠져.
최소한 희망이라도 좀 주지.
그 희망이 고문이라도
싸울 힘은 생길 텐데.

중간 지점에서 만나요

친구가 소개팅으로 두 명의 남자를 만났대요. 한 명은 마음에 드는데 조건이 자기 기준에 맞지 않고, 다른 한 명은 조건은 좋은데 영 설레는 마음이 안 들더래요. 너 같으면 누굴 만날래, 묻더라고요.

예전이라면 쉽게 대답했을 질문이 어렵게 느껴졌어요. 저는 좋아하는 걸 업으로 삼았지요. 일은, 힘들지만 항상 저를 설레게 해요. 그렇지만 안정적인 직장을 선택했더라면 조금 더 편한 생활을 영유했을지도 모르겠어요.

일이 적은 시기에는 내 선택에 회의를 느끼기도 해요. 후회하지는 않지만요. 그래서 이렇게 말해줬어요. 좋아하는 사람을 선택하면, 그 마음으로 힘든 걸 견디게 되고, 그렇지 않다면, 조건의 보상 작용으로 마음은 편안할 거라고.

그리고 생각했어요. 다 가질 수는 없구나. 어느 정도 나 자신과 협의를 봐야 하나 봐요. 일도. 사랑도. 인생도.

이별이란 핑계로

이별을 핑계 대지 않으면, 나는 원래 외롭고 우울한 사람이라는 걸 인정하고 받아들여야 하니까. 그래서 붙잡고 있나봐. 눈물로 지새는 나의 밤들에게는 핑계가 필요하거든.

혼자여도 괜찮아요

요즘은 혼자인 생활이 꽤나 마음에 들어요. 아침에 일어나 운동을 하고, 간단한 점심을 먹고, 연습실에 가고, 글을 쓰고, 촬영을 하고 그런 반복적인 생활을 하고 있어요. 이런 생활을 무료하다 느낀 적도 분명 있었지요.

아침을 깨우는 '잘 잤어?' 문자 하나에 마음이 설레고 그 설렘으로 힘을 내어 하루를 채워 가던 날들이 많이 그리웠었어요. 그러다가 서로 다투고, 다시 사랑을 확인하고, 여행을 가기도 하고… 집순이인 저에게는 매일이 역동적이고 새로운 하루였어요. 그래서 그리움이 그렇게도 오래갔나 봐요.

그런데 연애라는 게, 설레는 만큼 에너지를 소비하는 일이기도 하더라고요. 누군가와 함께한다는 건 내 시간을 상대방과 나누어야 한다는 뜻이기도 하니까요. 그때는 저 자신에게 많이 소홀했었어요. '나'보다 '우리'가 먼저였으니, 아무래도 저를 발전시키는 동력이 조금은 부족했겠지요.

관계라는 게, 마냥 편할 수는 없는 것 같아요. 일과 사랑 두 마리 토끼를 다 잡아야 하는 현시대의 우리에게는 더욱이요. 연애 중 피로감을 느끼는 건 어쩌면 당연한 일인지도 몰라요. 그런데 그 피로감이 상대를 위해주지 못한다는 죄책감이 되고, 죄책감은 자책감이 되어 곪은 마음으로 이별을 택하지요.

반복되는 만남과 이별 속에서 조금 많이 지친 것 같아요. 그래서 저는 오래 연애를 쉬기로 했습니다. 그리고 이런 저 자신에게 떳떳해지고 싶어요. 나 자신을 사랑하는 것 또한 중요한 일이니까요. 용감한 선택이니까요. 그러니 혼자여도 괜찮아요. 옆에 누가 없다고 너무 쓸쓸해 하지 마세요.

결국 노력입니다

발레는 아름다운 만큼 고통스러운 예술입니다. 딱딱한 토슈즈 안으로 발가락에 피나는 고통이 전해지면, 날 수 있습니다. 불가능해 보이는 행위가 가능해집니다. 무대 위, 한 발로 전신을 지탱해 가며 한 마리의 백조가 되는 건, 그만큼 큰 노력과 고통을 수반합니다.

발 부상에 취약한 발레 댄서들은 두꺼운 실내화와 양말 등으로 발을 따뜻하게 보호한답니다. 특히나 겨울철에는 단단해진 근육이 놀라지 않게 준비 운동에만 상당한 시간을 투자한다고 합니다. 차가우면 차가운 만큼, 쉽게 다친답니다. 사랑과 비슷합니다.

발을 따뜻하게 하는 것도, 마음을 따뜻하게 하는 것도 아주 적은 노력에서 시작됩니다. 다치지 않는 발레 댄서는 없습니다. 다치지 않는 사랑도 없겠습니다. 다만 부상의 정도를 결정하는 건 따뜻함을 위해 얼마나 노력하는가에 달려있겠지요. 결국, 사랑도 노력이겠습니다.

따뜻하게 내 마음을 데워 봅니다. 상대를 차갑게 대하지 않기로 합니다. 이별 후 꽁꽁 언 마음을 녹이기로 합니다. 그래야, 날 수 있겠습니다.

준비가 된지는 모르겠습니다만

하얀 나비를 보았습니다.

30도가 넘는 더위와 장마철의 습도가 무색하게
천천히, 하지만 그에게는 빠를 속도로
순수하고 고결한 날갯짓으로
뜨겁게 비추는 태양이 민망할 만큼
아름답게 날아, 풀에 앉습니다.
그 우아한 과정이
내가 알았던 무언가와 비슷합니다.

삶입니다. 사랑입니다.
나비는, 뜨거움이 두렵지 않습니다.

문득 나타난 하얀 나비가 용기를 줍니다.
새 사랑을 시작할 때가 온 걸지도 모르겠습니다.

여전히 사랑이네요

책 쓰길 잘했다.
우리 얘기를 쓰기로 하길 잘했다.

이 핑계로 나는 당신을 조금 더 느리게 잊을 수 있겠다.
이 핑계로 당신을 꿈에서 만날 수도
예전 추억을 들여다볼 수도 있겠다.

쉬이 가시지 않는 그리움을 감출 필요도 없겠다.
어쩌면 내 글의 동기가 그리움이 아닌
사랑이라고
여전히 사랑이라고
그렇게 고백할 수도 있겠다.

매일이 마지막이라면 당신을 사랑하겠습니다

우리는 종종 누군가에겐 내일이 없다는 걸 잊습니다. 그리고 그 누군가가 자신이 될 수 있다는 사실도 자각하지 못합니다. 통계청에 따르면 2019년 사고 사망자가 약 오천 명이라합니다. 오늘이 우리의 마지막 날이 될지 아는 사람은 아무도 없습니다.

당장 내일 지구가 멸망한다면 당신은 무얼 하겠느냐는 질문에 우리는 으레 사랑하는 사람과 함께 할 거라 답합니다. 그러나 정작 내 옆에 있는 그 사람에게는 소홀할 때가 많습니다. 편해졌다는 이유로 합당한 사랑을 주지 않거나 존중이 결여될 때가 있습니다. 지금 이 사랑의 순간이 마지막일 수도 있다는 가능성을 배제하고 살아가기 때문이겠습니다.

최선을 다해 사랑했으면 좋겠습니다. 삶의 마지막 날이 마치 오늘인 것처럼 사랑했으면 좋겠습니다. 그런 간절하고 애절한 마음이 우리의 기반이 되었으면 좋겠습니다.

잘 지내고 있길 바라요

오늘은 당신과 내가 처음 연인이 된 지 일 년이 되는 날이에요. 함께였다면, 기쁜 마음으로 우리의 사계절을 축하했겠지요.

대신 당신은 다른 사람과 추억을 쌓아 가고 있네요. 그 모습이 아름다워 '그래도 행복해 보이니 다행이다.' 싶으면서도 조금 슬픈 마음은 어쩔 수 없나 봐요.

오늘부로 저는 그만 당신과의 사랑을 놓으려 해요. 나에게는 오늘이, 또 다른 기념일이 되겠네요.

멀리 가는 비행기 티켓을 끊었어요. 서울에는 당신과 함께한 기억이 곳곳에 묻어 있어 자꾸 당신의 향기가 맴돌고 흔적이 아른거리거든요. 당신을 잊는 핑계에 쉰다는 핑계도 더해서 조금 오랫동안 머무를 생각이에요.

저는, 당신을 참 많이 사랑했나 봐요. 그걸 너무 늦게 깨달은 죄로 이렇게 아픈가 봐요. 누군가를 떠나보내는 데에는 시간이 약이라던데, 저는 그 약이 잘 듣질 않네요.

어쩌면 당신을 평생 잊지 못할지도 모르겠어요. 당신은 나의 연인이기도 했지만, 친구이기도, 동료이기도, 조언자이기도, 무엇보다 나를 지탱해 준 기둥이기도 했으니까요. 당신을 향한 사랑은 꽤 깊고 넓은 것이었으니까요.

당분간 제 소식이 들리지 않더라도 너무 걱정하지 마세요. 깨고 나와야 하는 알에 제 발로 들어가 따뜻한 곳에서 잘 지내고 있을 거로 생각해 주세요. 당신도, 잘 지내고 있길 바라요.